JÉRÔME ET LAURA

JÉRÔME ET LAURA

FABIEN DELORME

TABLE DES MATIÈRES

INTRODUCTION

Ce n'est pas un secret pour mes lecteurs les plus fidèles, j'ai une affection toute particulière pour les personnages de détectives privés. Il y a quelques mois de cela, je publiais un recueil de nouvelles, comme celui que vous tenez entre vos mains, intitulé « Les Cinq disparus ». Ce recueil présentait cinq histoires indépendantes, avec cinq détectives privés très différents les uns des autres.

Certains évoluaient dans des univers urbains plutôt sombres, dans la tradition du privé « dur à cuire » initiée par Dashiell Hammett et Raymond Chandler. D'autres au contraire évoluaient dans un univers plus léger, plus rural, et travaillaient sur des enquêtes plus traditionnelles, notamment des mystères en chambre close, dans la lignée de John Dickson Carr ou du Français Paul Halter.

Mais l'une des histoires était très différente des autres, et en l'écrivant, je savais que ce ne serait que le début d'une série de nouvelles. Et c'est cette série que vous tenez entre vos mains.

Cette histoire, qui ouvre également le présent recueil, est intitulée « L'Affaire Jérôme Leblanc », et raconte l'histoire d'une jeune femme, Laura Chapuis, nouvellement embauchée dans une agence de détectives privés, et enquêtant sur une simple affaire d'adultère. Simple, en apparence seulement, parce que la réalité est plus complexe qu'il n'y parait...

Au-delà de la seule enquête, cette histoire à deux voix évoque aussi une relation naissante entre les deux protagonistes.

Et c'est ce double aspect, les enquêtes d'un côté, la relation naissante de l'autre, que j'ai voulu explorer et approfondir dans ce recueil. Ce que vous lisez n'est donc pas un roman, mais ce n'est pas non plus un recueil contenant des nouvelles complètement indépendantes les unes des autres.

Chacune des histoires de cet ouvrage raconte une nouvelle enquête, mais, en trame de fond, au fur et à mesure des histoires, on assiste à l'évolution de la relation entre les deux héros de la série, Jérôme Leblanc et Laura Chapuis. Il est donc conseillé de lire les nouvelles de ce recueil dans l'ordre.

Je vous souhaite une excellente lecture.

L'AFFAIRE JÉRÔME LEBLANC

Laura Chapuis posa le pot du minuscule ficus qu'elle avait ramené de chez elle dans le coin de son bureau. Cela permettait d'égayer la pièce, qu'elle trouvait un peu austère sans cela. Murs blancs, éclairage aux néons, un petit bureau en bois clair et une petite armoire métallique dans un coin. Et, comme elle serait seule à l'occuper, autant lui donner un peu de vie. Elle tourna légèrement le pot, de manière à cacher les feuilles que son chat avait mangées.

Elle eut à peine le temps d'allumer son ordinateur qu'on frappa et que la porte s'ouvrit.

Le boss entra, accompagné d'une femme, probablement une cliente, qui semblait âgée d'une petite quarantaine d'années. Soit une bonne quinzaine d'années de plus que Laura.

C'était une femme très élégante, très bien habillée, et qui semblait ne pas avoir de problèmes de fins de mois. Elle portait un foulard Hermès élégant, et son sac à main était estampillé Vuitton. Son tailleur paraissait être d'extrêmement bonne qualité. Autour de son cou, un collier en or discret mais qui se mariait bien avec ses boucles d'oreilles. Laura jeta un bref regard à ses pieds et aperçut une semelle rouge sous ses escarpins. Une paire de Louboutin, flambant neuve.

Laura se sentait presque ridicule à côté d'elle. La cliente devait avoir sur elle l'équivalent de deux ans de revenus de la jeune femme. Certes, c'était son premier jour de travail à l'Agence, et le salaire qu'elle avait réussi à négocier n'était pas mirobolant. Mais le boss lui avait dit, « si vous travaillez sérieusement, croyez-moi, vos primes vous permettront de facilement doubler votre rémunération fixe ».

Le boss, justement, était lui aussi dans ses petits souliers. Il faisait beaucoup de manières vis-à-vis de la cliente. Il avait lissé sa moustache, ça se voyait, et venait de mettre un coup de peigne pour arranger les quelques cheveux qui lui restaient sur le crâne. Il portait un costume élégant, cravate, pochette, boutons de manchettes, mais lui-même semblait habillé chichement à côté de la femme qui faisait appel à leurs services. C'était à peine s'il ne faisait pas des courbettes devant elle. Il était tellement obséquieux que, l'espace d'un instant, Laura se demanda même si ce n'était pas la reine d'Angleterre qui faisait appel à eux.

Laura se leva de sa chaise et tendit la main vers la cliente, qui l'ignora superbement, la regarda de la tête aux pieds d'un air méprisant, puis fit un simple signe de tête et dit :

— Madame.

Le boss vint à son secours et dit :

— Voici donc la détective dont je vous ai parlé. Laura Chapuis. Elle est très compétente et saura, sans l'ombre d'un doute, résoudre votre problème.

Puis, se tournant vers Laura :

— Madame Chapuis, je vous présente madame Isabelle Leblanc. Elle va vous expliquer son problème. Bon, eh bien je vous laisse madame Leblanc, Laura vous raccompagnera vers mon bureau à la fin de votre entretien.

Puis il fit une dernière courbette et quitta le bureau en refermant la porte derrière lui.

Laura désigna un fauteuil en face de son bureau et dit avec un grand sourire :

— Je vous en prie madame, installez-vous, mettez-vous à l'aise.

— Merci, répondit-elle d'un ton sec.

Leblanc s'assit sur le fauteuil, le dos bien droit, posant son sac sur ses genoux, en gardant les deux mains posées dessus. Comme si quelqu'un allait le lui voler.

Laura s'assit à son tour et demanda :

— En quoi pouvons-nous vous aider, madame ?

Elle regarda autour d'elle, comme si on allait l'espionner. Mais elles n'étaient que toutes les deux dans la pièce minuscule. Ici, à l'Agence, tout le monde avait son propre bureau. Raisons de confidentialité. Son employeur payait une fortune en loyer, mais c'était indispensable pour s'assurer de la confiance des clients. C'était en tout cas ce que lui avait dit le boss. Et effectivement, à travers les murs épais, on n'entendait aucun bruit. À peine le bruit de la circulation, dans la rue derrière elle, et le vrombissement de la climatisation au-dessus de sa tête.

Leblanc desserra enfin les lèvres pour prononcer plusieurs mots d'affilée :

— Ça concerne mon mari.

— Très bien, dites m'en plus.

— Eh bien voilà, cela fait maintenant quinze ans que nous sommes mariés, et... Comment dire... Voilà, ça ne se passe pas très bien entre nous. Nous ne sommes plus vraiment un couple, si vous voyez ce que je veux dire.

Laura hocha la tête. Sa cliente poursuivit :

— Nous ne vivons même plus tout à fait ensemble. Enfin, officiellement si, mais de plus en plus souvent mon mari découche. Cela fait deux jours que je ne l'ai pas vu. C'est pour cela que j'ai contacté votre agence dès ce matin.

Puis elle regarda encore une fois Laura et poursuivit :

— J'ai insisté pour que ce soit une femme qui s'occupe de mon cas, parce que je ne fais plus confiance aux hommes. Mais je ne sais pas si j'ai bien fait. Vous avez beaucoup d'expérience dans le métier ? Vous m'avez l'air bien jeune et pas très dégourdie.

C'était donc cela. Si le boss avait confié cette cliente apparemment importante à Laura, ce n'était pas parce qu'il lui faisait confiance. C'était parce qu'elle était la seule femme de l'Agence. Elle mentit :

— Cela fait bientôt un an que je travaille ici, mais si vous souhaitez changer d'avis il est tout à fait possible de trouver un autre détective, nous pouvons aller voir monsieur le directeur et...

— Non, cela ira, merci. Bon, voilà mon problème. Mon mari et moi allons évidemment divorcer. Seulement, il y a quinze ans, j'étais jeune, j'étais naïve, j'étais insouciante, j'étais fauchée. Un peu comme vous, quoi. D'ailleurs je devais avoir votre âge.

Laura n'en revenait pas du culot de sa cliente mais, professionnelle jusqu'au bout, n'en fit rien paraître. Leblanc continua :

— Nous nous sommes donc mariés sous le régime de la communauté de biens. Et, depuis, ma carrière professionnelle a décollé bien plus fort que celle de mon mari. Si nous divorçons à l'amiable, il héritera de la moitié de ma fortune. Et en plus de cela, je devrai sans doute lui payer une pension alimentaire.

Elle regarda Laura dans les yeux et ajouta :

— Et cela, il n'en est pas question.

Laura commençait à comprendre mais demanda :

— Très bien madame, et qu'attendez-vous de nous

exactement ?

— Jérôme a forcément une maîtresse. C'est pour cela qu'il disparaît régulièrement. Et c'est pour cela que j'ai besoin de vos services. Si j'ai la preuve qu'il m'est infidèle, je pourrai demander le divorce pour faute. Des centaines de milliers d'euros sont en jeu, madame. C'est pourquoi je souhaite que vous retrouviez mon mari, et que vous le preniez la main dans le sac, pour ainsi dire.

Ainsi, la carrière de Laura allait débuter par une filature. Ça lui convenait très bien. Ses collègues, ici à l'Agence, avaient tous débuté par des dossiers ennuyeux, loin du cliché du détective privé que l'on rencontre au cinéma ou dans les romans. Des histoires de recherches de documents administratifs en ligne, des vérifications de solvabilité d'entreprises, ce genre de choses. Elle avait des collègues qui travaillaient ici depuis plus d'un an et n'avaient jamais mis les pieds dehors. Et ça avait l'air de leur convenir. Tant mieux pour eux.

Mais Laura était une femme d'action. Elle avait besoin d'aller sur le terrain. Si, quelques mois auparavant, elle n'avait pas échoué aux tests d'entrée, elle serait à l'armée à l'heure qu'il était. Mais le destin en avait décidé autrement. Quoi qu'il en soit, elle n'avait pas l'intention de s'encroûter derrière un bureau.

— Très bien madame, dit-elle. Eh bien, afin de retrouver la trace de votre mari, dans un premier temps, j'aurais besoin d'un maximum de renseignements. Son nom complet évidemment. Sa date de naissance. Une photo récente. Les noms et coordonnées des membres de sa famille, de ses amis. Les endroits où il a l'habitude de se rendre. L'adresse de son travail, aussi. Que fait-il dans la vie ?

Elle sortit un dossier de son sac à main et, en le tendant à la détective, répondit :

— Jérôme est travailleur indépendant. Il est consultant en sécurité informatique.

Bon. Cela n'allait pas faciliter les recherches. Beaucoup de gens laissent des tonnes de traces en ligne, mais probablement qu'un spécialiste du domaine était beaucoup plus prudent.

Leblanc lui tendit une clé et dit :

— C'est le double de la clé du bureau qu'il loue en ville. Peut-être qu'il se cache là-bas, je n'en sais rien. Il ne me répond pas sur son téléphone professionnel, mais je n'y suis pas allée. Le concierge me connaît, je n'ai pas envie qu'il dise à mon mari que je suis passée.

Laura prit la clé et la posa sur son bureau. Puis elle ouvrit le dossier et tomba sur une photo de sa cible.

Ma foi, il était plutôt bel homme. Le visage carré, un sourire ravageur. Un regard intense. Il portait une chemise blanche dont les manches étaient remontées. Il semblait plutôt musclé.

Lui et son épouse ne semblaient pas avoir grand-chose en commun, effectivement. Et il semblait séduisant, aussi Laura n'avait aucun de mal à l'imaginer en compagnie d'une maîtresse illégitime. Y compris une femme plus séduisante que madame Leblanc, ce qui n'avait rien de bien compliqué.

Enfin, ce n'était pas à elle de juger des choix ni de sa cliente ni de sa cible. Tout ce qu'elle avait à faire, c'était de prendre Jérôme Leblanc en flagrant délit d'adultère. Mais pour cela, il fallait déjà réussir à mettre la main sur lui. Et ce ne serait sans doute pas si simple.

Jérôme Leblanc regarda autour de lui avant de traverser la rue.

Le soleil brillait au-dessus de sa tête. À peine quelques

nuages dans le ciel. Il faisait doux. Dans un des nombreux platanes alignés qui bordaient la petite rue, un merle chantait à tue-tête. Dans un jardin non loin de là, on entendait un petit chien aboyer.

En dehors de ça, le quartier était calme. Aucune voiture en circulation. Et à part lui, aucun passant. On avait beau n'être qu'en début d'après-midi, un moment particulièrement tranquille de la journée, il ne pouvait pas imaginer cette petite rue bondée en fin de journée.

Il avait bien fait de choisir ce petit quartier résidentiel à la sortie de la ville pour retrouver Camille.

Il savait qu'ici, il ne serait pas dérangé.

Il n'y avait que quelques maisons entourées de grands jardins. Ici, on était mieux qu'en plein centre-ville, avec ces milliers de regards braqués sur vous en permanence. Et mieux qu'à la campagne, où l'on pense être isolé et loin de tout, mais où en réalité tout le monde s'ennuie et scrute chacun de vos faits et gestes.

Il préférait éviter les hôtels aussi. Beaucoup trop de caméras de surveillance et de gérants qui se mêlent de ce qui ne les regarde pas. Et puis, dans les hôtels, les murs ne sont pas bien épais. On entend facilement ce qui se passe d'une chambre à l'autre. Pas terrible, pour ce qu'il avait à faire.

Dans ce petit quartier résidentiel, qui était rempli de demeures bourgeoises toutes plus différentes les unes que les autres, chacun semblait au contraire s'occuper de ses propres affaires, sans se mêler de ce qui se passait chez les autres. Jérôme en était persuadé, s'il avait le malheur de faire un infarctus au beau milieu de cette rue, personne ne s'en rendrait compte avant la fin de la journée.

Il arriva devant la maison qu'il venait de louer.

C'était une maison de plain-pied, meublée, de soixante mètres carrés d'après l'agence de location, qui possédait un petit jardin, plus petit que ceux du voisinage. Une immense pièce principale. Un petit bureau. Une seule chambre. Mais Jérôme n'avait pas besoin de plus. Et, même s'il avait été contraint de louer le logement pour un mois entier, il n'avait pas l'intention de rester ici plus d'une nuit. Dès demain l'affaire serait réglée.

Mais il n'avait pas eu le choix. Il ne pouvait évidemment pas faire ce qu'il avait prévu de faire au bureau. Et encore moins chez lui.

Enfin, c'était de moins en moins chez lui. C'était peu à peu en train de devenir « chez Isabelle ».

Il repensa à sa femme. Elle avait tellement changé ces dernières années. Où était donc passée l'étudiante en psychologie qu'il avait connue quinze années auparavant et qui voulait refaire le monde ? Qui ne parlait que de liberté et se moquait du lendemain et du jugement des autres ? L'étincelle de folie et d'insouciance avait peu à peu quitté son doux regard. Tout ce qui l'intéressait, maintenant, c'était sa carrière. C'était d'écraser les autres, pour grimper peu à peu au sommet. La femme qu'il avait aimée et épousée n'existait plus.

C'était ainsi, il fallait qu'il se fasse une raison.

Jérôme sortit la clé de sa poche, et déverrouilla le portillon. Il avança sur la petite allée de graviers qui menait à la maison. Il vit un spot au-dessus de la porte d'entrée. Le genre de modèle qui s'allume automatiquement quand on passe devant, à la nuit tombée. Tant mieux. Jérôme laisserait un des volets roulants entrouvert. Si, pendant la soirée, un curieux s'approchait d'un peu trop près, il le saurait immédiatement.

L'intérieur était chichement meublé, mais c'était tout à fait suffisant. Une table et quatre chaises en bois bon marché, un canapé et un fauteuil en tissu usés, un frigo, une gazinière... Il allait falloir qu'il fasse des courses. Il n'avait pas encore pris le temps de déjeuner et commençait à avoir un petit creux.

Et puis, il fallait qu'il prévoie un petit truc à boire et quelques bricoles à grignoter pour Camille. Ça se fait. Question de politesse, avant d'aborder les choses sérieuses.

Il y avait une petite supérette dans la rue d'à côté. Il était un peu plus de quatorze heures, et Camille n'arriverait pas avant vingt heures. Il avait largement le temps de se préparer un petit plat et de faire une sieste pour avoir les idées au clair.

Avant de ressortir, il continua de faire le tour du logement. Un des volets roulants, dans la pièce principale, était relevé. Il tenta de l'abaisser, mais en vain. Il était bloqué.

C'était contrariant, mais pas catastrophique non plus. C'était une fenêtre qui donnait sur le jardin à l'arrière de la maison, pas sur la rue. Il regarda par la fenêtre. Le jardin était entouré d'une haute haie de thuyas. On ne risquait pas de le voir, ni depuis la rue, ni depuis chez les voisins. C'était un non-problème.

Il déposa ses affaires dans la chambre, sous le lit, sortit de la maison, verrouilla derrière lui et se rendit jusqu'à la supérette qu'il avait repérée.

Sur le chemin, il ne croisa personne.

Laura trouva enfin l'immeuble qu'elle cherchait, dans cette petite ruelle calme près de la grand place.

C'était un bâtiment banal, en béton, de quatre étages, au milieu de tant d'autres dans cette rue. On n'était qu'à quelques mètres à peine de la place la plus animée de la ville, et pourtant le quartier était silencieux. À peine quelques voitures qui circulaient.

C'était ici que Jérôme Leblanc travaillait. C'était en tout

cas l'adresse que sa cliente lui avait donnée. Sur l'interphone, un nom de société était affiché : « Global Consulting ». Un logo sobre, sans fioriture. Cela faisait très professionnel.

Elle pressa le bouton de l'interphone. Évidemment, personne ne répondit. Elle appuya alors sur un bouton qui disait « accueil ». La porte s'ouvrit quelques secondes après.

Laura entra dans un petit hall d'entrée, plutôt sombre. L'endroit sentait bon le propre, une légère odeur de détergent vint lui chatouiller les narines. Elle arriva devant un ascenseur et une cage d'escalier. Au fond, derrière un guichet, un petit homme d'une cinquantaine d'années était en train de lire un livre épais. Il releva la tête, regarda Laura et demanda :

— Bonjour madame, en quoi puis-je vous aider ?

Elle lui fit un grand sourire, posa la main sur la rampe comme si elle connaissait déjà les lieux, et dit, pleine d'assurance :

— Bonjour, j'ai rendez-vous avec monsieur Leblanc, de Global Consulting. Troisième étage. Je connais.

Le petit homme ne dit rien et se replongea dans sa lecture.

Laura avait préféré prendre les escaliers, cela lui permettait de mieux étudier les lieux. Il y avait quatre étages, et apparemment, à chaque étage, deux entreprises étaient hébergées. Pendant son ascension, elle ne croisa personne, ce qui l'arrangeait bien. À part le concierge, personne ne la remarquerait.

Arrivée au troisième, elle tendit l'oreille. Silence complet. Elle sonna à la porte de Global Consulting. Elle n'entendit aucun bruit de l'autre côté de la porte.

Elle prit la clé que Leblanc lui avait confiée et la fit tourner dans la serrure.

Elle entra d'abord dans un bureau, assez petit mais

luxueusement meublé. Rien à voir avec le mobilier cheap de son bureau à l'Agence. Au milieu de la pièce trônait un meuble massif, dans un bois sombre. Dessus, était posé un ordinateur doté d'un immense écran. Des dossiers étaient répartis à côté, dans un désordre savamment organisé. Comme si Jérôme Leblanc voulait donner l'image de quelqu'un qui travaille beaucoup, mais qui est efficace.

Au fond de la salle, une petite porte. Laura s'y dirigea. La deuxième pièce n'avait rien à voir avec la première. Ce n'était manifestement pas un endroit que les clients étaient censés voir. Un canapé-lit était déplié. Les draps étaient encore défaits. Sur une chaise, des vêtements étaient posés, en vrac. Apparemment, Jérôme Leblanc avait l'habitude de dormir ici.

Peut-être même avec sa supposée maîtresse.

Laura prit des photos de la pièce, et notamment du canapé-lit, bien que cela ne prouve absolument rien. Cela pourrait toujours servir à démontrer que, dans les faits, le couple ne vivait plus sous le même toit. Peut-être que madame Leblanc serait ravie de fournir une telle preuve, le moment venu.

Mais en fin de compte, le mari de sa cliente avait-il réellement disparu ? Peut-être qu'il vivait ici désormais, le temps de trouver autre chose ?

Non, elle avait du mal à le croire.

S'il habitait effectivement ici, pourquoi n'était-il justement pas sur son lieu de travail, en pleine journée ? Laura avait tenté d'appeler le numéro professionnel de Leblanc dans la matinée, mais elle était tombée systématiquement sur un répondeur. Elle avait même laissé un message, se faisant passer pour une cliente potentielle, mais personne ne l'avait rappelée.

Et puis, l'endroit semblait presque avoir été abandonné dans la précipitation. Comme si Jérôme Leblanc avait du quitter les lieux en urgence. Peut-être avait-il deviné que sa femme cherchait à le piéger ? Possible. Si c'était le cas, il faudrait que Laura redouble de prudence.

D'un autre côté, sa cible aurait laissé toute son activité professionnelle en plan pour une simple amourette ?

Rien n'était clair pour le moment, mais elle ne pouvait négliger aucune hypothèse.

En tout cas, pour le moment, Jérôme Leblanc était ailleurs, et sa priorité était de le retrouver.

Elle avait passé presque toute la matinée à faire des recherches en ligne, mais l'homme semblait très discret. Ce qui n'était pas surprenant, étant donné le métier qu'il exerçait. Tout ce qu'elle avait trouvé, c'était un site web vitrine pour son activité professionnelle. Aucun compte sur les réseaux sociaux.

Alors qu'elle allait quitter la pièce qui servait d'appartement, elle vit une autre porte, fermée. Elle tenta de l'ouvrir, mais elle était verrouillée. C'était une porte épaisse, avec une serrure sécurisée. Le même genre que la porte d'entrée des locaux. Elle tenta, à tout hasard, d'y insérer la clé dont elle disposait. Sans succès, évidemment.

Il y avait quelque chose là-derrière, et Jérôme Leblanc ne voulait pas que n'importe qui puisse y accéder.

Elle colla l'oreille contre la porte et entendit, derrière, un vrombissement. Comme si plusieurs ordinateurs, de l'autre côté, étaient en train de fonctionner à plein régime.

En tout cas, malheureusement, il ne semblait pas y avoir de moyen d'y accéder facilement.

Elle retourna alors dans la pièce principale et se dirigea vers le bureau. Elle bougea la souris de l'ordinateur. L'écran sortit de sa veille, mais demanda un mot de passe. Évidemment. Et sa cible n'était certainement pas du genre à choisir le nom de son chat ou sa date de naissance pour protéger sa machine.

Il était inutile qu'elle perde son temps : elle ne réussirait pas à accéder à ses données informatiques.

Alors qu'elle s'apprêtait à se lever pour fouiller dans les armoires et les tiroirs, son regard tomba sur un bloc-notes à côté de l'ordinateur. C'était un grand bloc de papier, au format A3. Des feuilles, sur lesquelles on pouvait prendre des notes dès que l'on en a besoin, lorsque l'on était au téléphone par exemple. La feuille devant Laura était vierge.

Mais le bloc n'était pas neuf. Il avait déjà été utilisé, et la page précédente avait été arrachée à la va-vite.

Jérôme Leblanc utilisait des stylos à bille. Cela se voyait, parce qu'il y avait des sortes de marques sur la feuille au sommet du bloc. En écrivant sur la feuille précédente, celle qu'il avait arrachée, probablement pour ne pas laisser de trace, sa cible avait appuyé fort sur le papier, et son écriture était visible, en creux, sur la feuille du dessous.

Laura prit le bloc de papier et se dirigea vers la fenêtre. En l'orientant correctement sous la lumière, elle put voir ce que Leblanc avant écrit juste avant de partir.

Dix chiffres, séparés en blocs de deux. Un numéro de téléphone. Elle l'enregistra sur son propre appareil.

Et une adresse, située quelque part dans la ville, à un endroit qu'elle ne connaissait pas.

Elle lança le navigateur internet de son téléphone et effectua une recherche. C'était l'adresse d'une petite maison, située dans un quartier résidentiel excentré, presque à la sortie de la ville.

Il s'agissait peut-être du numéro de téléphone et de l'adresse de sa maîtresse. Si c'était le cas, elle avait toutes les chances d'y trouver sa cible, tôt ou tard.

Ou bien peut-être s'agissait-il d'une fausse piste.

Mais le meilleur moyen de le savoir, c'était de se rendre là-bas.

Quand Jérôme entra dans la petite supérette, il jeta un œil
discret autour de lui. C'était un petit commerce, seulement
deux rayons, qui vendait surtout des denrées alimentaires.
Un mauvais éclairage, une radio de qualité médiocre qui
diffusait un rap français à tue-tête. À la caisse, une femme,
l'air épuisée, qui semblait attendre impatiemment que la
journée se termine.

Il y avait un seul autre client, un jeune, dans la boutique.
Il titubait et puait l'alcool à plein nez. Il avait deux grandes
bouteilles de bière à la main. Comme s'il avait encore besoin
de ça. Le quartier n'était peut-être pas aussi huppé que
Jérôme l'avait pensé de prime abord. Enfin, ce n'était pas un
problème. Il n'avait pas prévu de s'installer ici définitivement.

Jérôme parcourut les rayons, prit un paquet de pâtes, des
tranches de jambon et deux pommes, pour son repas de
midi. Et une bouteille de champagne, pour Camille et lui,
dans la soirée.

Alors qu'il était en train de payer ses achats, il sentit son
téléphone vibrer dans sa poche. Ce n'était pas son numéro
habituel. Il avait laissé son portable au bureau.

C'était son téléphone d'urgence. Celui qu'il venait tout
juste d'acheter.

Personne ou presque ne connaissait ce numéro.

Il se dépêcha de finir de payer et, une fois de retour
dehors, regarda la notification qu'il venait de recevoir.

C'était un message automatisé, envoyé par son ordinateur au bureau. Il disait simplement « alerte intrusion ».
Cela voulait dire que quelqu'un s'était introduit dans les
locaux de Global Consulting et avait tenté d'accéder à son
ordinateur.

Sans succès, heureusement.

Mais cela voulait quand même dire que quelqu'un s'était rendu sur place.

Probablement sa femme, Isabelle. Il y avait un double des clés du bureau qui traînait quelque part à la maison, mais elles n'avaient jamais servi. Il y avait bien longtemps que lui-même ne savait plus où elles étaient.

Ou bien, autre possibilité. Camille avait réussi à trouver l'adresse de Global Consulting et avait tenté de le retrouver là-bas. Si c'était le cas, c'était une très mauvaise nouvelle.

Non, ce n'était pas possible. Il avait été prudent. Camille n'avait aucun moyen de connaître cette adresse.

Mais il ne pouvait pas s'empêcher de se sentir nerveux. Il se dépêcha de retourner vers la maison qu'il avait louée.

Arrivé dans sa rue, il regarda autour de lui, mais ne vit rien d'anormal. Juste une personne âgée, plus bas, qui rentrait chez elle. Et une jeune femme, quelques mètres plus loin, qui sortait de sa voiture.

Il observa la jeune femme. Plutôt mignonne. Elle le regarda, lui fit un vague signe de tête, et sortit un sac de courses de son coffre, avant de se diriger dans la cour d'une maison, un peu plus bas, ses clés à la main.

Jérôme rentra lui aussi dans sa maison, fit le tour de chacune des pièces. L'une après l'autre.

Il entra dans la chambre, regarda sous le lit. La mallette qu'il avait prise avec lui était toujours là.

Son arme de poing aussi.

Personne ne s'était introduit ici pendant son absence.

Il souffla et se détendit un peu.

En tout cas, pas question de baisser la garde. Ce soir, il faudrait qu'il reste prudent. Plus que jamais.

Plantée devant cette maison qu'elle avait choisie au hasard dans la rue, ses clés à la main, Laura attendait que les battements de son cœur se calment enfin.

Cela faisait dix minutes à peine qu'elle était arrivée devant la petite maison dont elle avait trouvé l'adresse dans les locaux de l'entreprise de Jérôme Leblanc. Elle l'avait observée quelques instants, avait pris quelques photos et, alors qu'elle venait tout juste de descendre de son véhicule pour s'en approcher, alors qu'elle avait la main sur la poignée de sa portière, prête à la refermer, elle avait vu sa cible apparaître, au coin de la rue.

Leurs regards s'étaient croisés, l'espace d'un instant. Elle avait vu ce regard magnétique. Celui qu'elle avait deviné sur la photo. Et comme une cruche, comme un papillon attiré par la flamme d'une bougie, elle était restée plantée à le regarder. Elle lui avait fait un signe de la tête, comme une voisine qui dit bonjour à un des habitants du quartier, et avait ouvert son coffre. Puis elle en avait sorti le sac de courses qu'elle avait justement rangé là, au cas où elle en aurait besoin un jour. Rien de plus anodin qu'une femme qui sort ses courses de son coffre, s'était-elle dit. Apparemment elle avait bien fait.

Et enfin, elle s'était dirigée vers une maison au hasard, ses clés à la main, comme une ménagère lambda qui rentre chez elle après avoir fait ses courses.

Elle n'avait plus qu'à espérer que Jérôme Leblanc soit tombé dans le panneau.

Elle tourna la tête. La rue était à nouveau vide. Sa cible était probablement rentrée chez elle.

Elle regarda la maison où il s'était réfugié. Sur la façade avant, tous les volets étaient baissés. En pleine journée, ce n'était pas normal. Personne de censé ne ferait cela, à moins d'avoir quelque chose à cacher. Ce qui était manifestement le cas de Jérôme Leblanc. En tout cas, ça n'arrangeait pas les affaires de Laura, parce que cela allait lourdement compliquer sa tâche.

Elle n'avait plus qu'à remonter dans sa voiture, et attendre que l'éventuelle maîtresse de sa cible arrive, que Jérôme Leblanc lui ouvre la porte, et qu'ils se retrouvent, tous les deux, sur le palier de la porte. S'ils s'embrassaient là, ce serait idéal. S'ils choisissaient de rester discrets, cela ferait certainement l'affaire malgré tout. Devant le juge qui prononcerait le divorce, il faudrait qu'il justifie de sa présence et de celle de cette femme, ce jour-là, loin de son domicile.

Ce qui voulait dire des heures à planquer. Peut-être toute la soirée et une bonne partie de la nuit. Les inconvénients du métier.

Heureusement qu'elle vivait seule. Personne ne l'attendait chez elle. Personne à part son chat qui, cet ingrat, ne se rendrait même pas compte de l'absence de sa maîtresse, occupé qu'il était à passer ses journées à dormir.

Les heures passèrent, la lumière du jour déclina peu à peu et les lampadaires commencèrent à s'allumer et à inonder la rue de leur éclairage blafard.

Laura vit un rai de lumière dans le jardin, à l'arrière de la maison. Cela voulait dire que les volets, de l'autre côté de la bâtisse, n'étaient pas abaissés. Tant mieux. Une fois la maîtresse de sa cible arrivée, Laura pourrait se cacher dans le jardin à l'arrière de la maison, et les prendre sur le fait.

C'est alors qu'une voiture se gara juste devant la maison. Quelqu'un en descendit. Laura n'en croyait pas ses yeux. Elle ne s'était pas du tout attendue à cela. La personne vint frapper à la porte. Jérôme Leblanc lui ouvrit. Laura prit des photos en rafale. Ils ne s'embrassèrent pas, ne se montrèrent pas le moindre signe d'affection. Ils se serrèrent simplement la main, avant de rentrer tous les deux dans la maison.

Il allait vraiment falloir que Laura se rende dans le

jardin pour photographier l'intérieur de la maison. Les clichés qu'elle avait pris jusqu'alors auraient du mal à convaincre le juge.

Parce que ce n'était pas avec sa maîtresse que Jérôme Leblanc avait rendez-vous dans cette maison loin de chez lui.

C'était avec son amant.

❧

Jérôme serra rapidement la main de son invité sur le pas de la porte et le fit entrer.

Camille portait un blazer et un jean épais.

Jérôme ne l'avait vu qu'en photo jusqu'à présent, et désormais il comprit ce qui lui avait semblé étrange dans le regard de l'homme. L'un des deux yeux de son invité était figé dans son orbite. Cet œil mort, d'un bleu intense, qui le fixait sans pouvoir le voir avait quelque chose d'inquiétant. Jérôme tâta machinalement la poche arrière de son jean, pour bien vérifier qu'il n'avait pas oublié d'y cacher son arme.

C'était un réflexe idiot, il le savait. Mais Camille ne sembla pas avoir remarqué quoi que ce soit. Il semblait occupé à observer la pièce principale dans les moindres détails.

Jérôme désigna le canapé et dit :

— Installez-vous, Camille. J'ai prévu du champagne pour célébrer la réussite de notre collaboration.

— Oh, ce n'était pas la peine de vous embêter avec ça, Antoine, dit-il en s'asseyant, mais puisque c'est proposé si gentiment...

« Antoine... » C'était le faux prénom qu'il avait donné à Camille, pour protéger son identité. Et probablement que son invité ne s'appelait pas réellement Camille non plus.

Jérôme ouvrit la porte du réfrigérateur et en sortit la bouteille de champagne. Il était frais, ce serait parfait. Puis il ouvrit le placard au-dessus de l'évier et en sortit deux verres à pied ordinaires.

— Vous m'excuserez, dit-il à son invité depuis le coin cuisine, mais je n'ai ni flûte ni coupe à champagne. Que des verres à vin.

— Ce n'est pas bien grave. Vous n'êtes pas installé ici depuis bien longtemps j'ai l'impression, je me trompe ?

Un « pop » sonore retentit dans la pièce quand Jérôme fit sauter le bouchon. Alors qu'il versait le breuvage dans les deux verres, en tentant de ne pas le faire trop mousser, il répondit :

— Non en effet. Je suis arrivé très récemment.

Jérôme posa les deux verres sur la table et s'assit dans le petit fauteuil, en face de Camille. Alors qu'il venait de prendre son verre pour trinquer, son invité lui demanda :

— Au fait, comment va votre épouse ?

Jérôme se figea et fronça les sourcils. Il demanda :

— Comment savez-vous que je suis marié ? Nous n'en avons jamais parlé il me semble.

— Oh vous savez, vous n'êtes pas le seul à vous renseigner sur les gens avec qui vous faites affaire. Nous aussi nous avons mené notre petite enquête, de notre côté.

Comment ça, « nous » ? Ils étaient plusieurs ? Ce n'était pas du tout prévu.

Camille prit son verre à son tour, et dit :

— C'est une femme charmante. J'espère que notre petite transaction se passera bien. Au fait, j'ai oublié la clé USB, mais je suis sûr que nous allons tout de même trouver un arrangement, n'est-ce pas. Santé !

Puis il fit tinter son verre contre celui de Jérôme, qui était resté figé pendant tout ce temps.

Camille dégaina alors son arme si vite que Jérôme n'eut

pas le temps de comprendre ce qui venait de se passer.

— Bon allez, Antoine, vous allez doucement prendre l'arme que vous cachez sur vous, et la poser très délicatement au sol. Si vous faites tout ce que l'on vous demande, il ne vous arrivera rien. Ni à vous, ni à votre femme.

Il n'était pas du tout prévu que les choses se passent comme ça.

Il aurait dû prendre cet homme beaucoup plus au sérieux.

Il était tombé dans un piège.

Et surtout, Isabelle était en danger, et lui était coincé ici, et il ne pouvait rien y faire.

&

À PEINE JÉRÔME LEBLANC et l'homme qui l'accompagnait étaient-ils rentrés que Laura s'était précipitée hors de sa voiture, et, après un bref coup d'œil pour s'assurer que personne ne l'avait vue, avait passé le portillon, en ne s'approchant pas trop de la maison, pour éviter d'activer le projecteur qui s'allumait dès qu'il détectait un mouvement.

En longeant la haie, elle avait alors contourné le bâtiment, et s'était cachée derrière un petit arbre, au milieu du jardin. Un pommier, apparemment. Le sol était couvert de fruits. Le terrain était sans vis-à-vis, entouré d'une haute haie, et elle était plongée dans le noir. Sa cachette était dérisoire, le tronc était beaucoup trop fin pour réellement la cacher, mais dans l'obscurité personne ne la verrait. Elle s'allongea au sol, sortit son appareil photo, et y fixa son téléobjectif.

On ne la voyait pas mais elle, elle voyait parfaitement l'intérieur de la maison, à travers la fenêtre dont le volet était resté levé. La configuration était idéale pour elle.

Jérôme et son invité restaient très distants. Autant physiquement que dans leur attitude. Aucun geste affectueux, aucun regard équivoque. Peut-être n'étaient-ils pas amants. Ou, si c'était le cas, il s'agissait de leur premier rendez-vous.

Non, c'était ridicule. Si son mari avait été attiré par les hommes, Isabelle Leblanc l'aurait forcément signalé lors de leur entretien. Elle aurait parlé d' « une maîtresse ou un amant », plutôt que simplement d'une maîtresse. À moins qu'elle ne soit pas au courant de cette part de la personnalité de l'homme qui partageait sa vie depuis si longtemps.

Mais c'était peu probable. Sans doute que sa cliente s'était fait des idées.

Son mari ne la trompait pas.

Mais alors qui était cet homme ? Un partenaire professionnel ? Un client à lui ? Dans ce cas, pourquoi ne pas le recevoir dans ses locaux ? À quoi rimait cette mascarade ?

Elle vit alors Jérôme Leblanc sortir une bouteille de champagne, et en verser le contenu dans deux verres à vin. Quel sacrilège ! Si son oncle Champenois avait vu ça, il aurait fait une attaque.

Sa cible revint s'asseoir en face de son invité. Ils trinquèrent.

Mais quelque chose n'allait pas.

Dans l'attitude de Leblanc. Il semblait nerveux. C'était comme si les événements ne se déroulaient pas comme il l'avait prévu.

Le ton semblait monter entre les deux hommes.

C'est alors que l'invité sortit une arme à feu de la poche de sa veste et la pointa vers Leblanc.

Ce dernier glissa alors la main vers l'arrière de son jean, en sortit lui aussi une arme, et la posa délicatement au sol.

L'invité la repoussa au loin, avec le pied.

Puis Leblanc posa une petite mallette sur la table basse, en faisant des gestes très lents. Il l'ouvrit.

Elle était pleine de billets.

Il la referma et la tendit vers son invité, qui s'en empara.

Leblanc leva alors les mains en l'air.

L'attitude de l'autre homme changea, presque imperceptiblement.

Il menaçait toujours Leblanc de son arme, mais quelque chose était différent. Comme s'il était plus crispé.

C'est alors qu'elle comprit.

L'homme était sur le point de faire feu.

Il allait abattre Leblanc.

Sans plus réfléchir, Laura ramassa une des pommes tombées au sol, et la jeta de toutes ses forces contre la fenêtre, qui vola en éclats.

Elle regretta aussitôt son geste.

Alors que Camille était sur le point de tirer, la vitre du salon explosa.

L'agresseur de Jérôme se tourna vivement vers la vitre et pointa son arme en direction de l'obscurité, le doigt sur la gâchette, prêt à faire feu.

Jérôme en profita.

Avant que Camille ne tire, il lui envoya un direct magistral dans la mâchoire.

L'homme échappa son arme. Et s'effondra au sol, inconscient.

En tombant, sa tête heurta la table basse en faisant un bruit sourd.

Jérôme se précipita pour ramasser l'arme, puis la pointa à son tour en direction de la fenêtre.

Au sol, près de la vitre brisée, il vit une pomme.

Une voix féminine à l'extérieur cria :

— Ne tirez pas ! Je ne suis pas armée !

La femme qui venait de crier avait l'air paniquée.

Il s'approcha du mur et actionna l'interrupteur qui permettait d'éclairer le jardin.

Il vit une jeune femme, terrorisée, allongée au pied du pommier.

Il la reconnut. C'était la nana canon qu'il avait croisée, en arrivant. Celle qui déchargeait ses courses. Elle avait un appareil photo avec téléobjectif dans les mains. Ce n'était pas une simple voisine canon qui habitait dans le quartier.

Elle était ici pour l'espionner. Il ne savait pas qui l'avait envoyée, mais elle venait de lui sauver la vie.

Il n'était pas sûr de vraiment pouvoir lui faire confiance, mais elle n'était pas armée, et il n'y avait pas de temps à perdre. Isabelle était en danger.

Il s'approcha de Camille. Il prit son pouls. Aucun battement. L'homme s'était tué en tombant.

Jérôme ramassa sa propre arme, reprit sa mallette, ouvrit la porte qui donnait sur le jardin, se précipita vers la femme, toujours l'arme à la main, et cria :

— Vous avez une voiture.

Ce n'était pas une question. Il l'avait vue descendre de sa voiture, dans l'après-midi. Il poursuivit :

— Vous allez me conduire chez moi. Je vais vous donner l'adresse.

— Euh, oui, si vous voulez. Tout ce que vous voudrez.

La jeune femme, en face de lui, les mains en l'air, semblait partagée entre la panique et la surprise. Jérôme abaissa son arme et dit :

— Ne vous inquiétez pas, je ne vous ferai rien. Je sais que c'est vous qui m'avez sauvé la vie. Allez, dépêchez-vous, dit-il en l'aidant à se relever, vous m'expliquerez plus tard ce que vous faites là.

Jérôme donna son adresse à la jeune femme et lui ordonna de foncer. Il la vit taper fébrilement l'adresse sur son GPS.

Pendant ce temps, il appela Isabelle.

Pourvu que rien ne lui soit arrivé.

La jeune femme venait de démarrer et roulait aussi vite qu'elle le pouvait.

Dans le combiné, Jérôme entendit, nerveux, la première sonnerie. Puis la deuxième.

Son cœur battait à toute allure.

Puis on décrocha, à l'autre bout, et une voix dit :

— Allô ?

C'était la voix d'Isabelle. Elle était en vie. Et sa voix était normale. Pas du tout la voix de quelqu'un qu'on est en train de menacer.

— Isabelle ? C'est moi. Tout va bien ?

— Jérôme ? « Tout va bien » ? Tu oses me demander si tout va bien ? Tu disparais, sans la moindre explication, pendant plusieurs jours, et tu oses me demander si je vais bien ? D'un seul coup, tu t'inquiètes pour moi ?

Isabelle ne semblait pas être en danger. Camille avait bluffé. Il ne savait pas qui était sa femme. Il n'avait pas de complice. Il avait juste dit cela pour prendre l'ascendant psychologique sur Jérôme. Et ça avait marché.

La jeune femme à ses côtés venait de brûler un feu rouge. D'un geste de la main, Jérôme lui fit signe de ralentir. Il n'y avait plus de raison de se presser.

— Je rentre à la maison, Isabelle, soupira-t-il dans le combiné. Je vais t'expliquer.

— Il n'y a rien à expliquer. Ce n'est pas la peine de rentrer. Tu es avec une femme, n'est-ce pas ? Ne mens pas, je le sais.

Il sourit, par réflexe. Techniquement, oui. Il était avec une femme, mais ce n'était pas ce qu'elle pensait. Mais lui dire ça n'arrangerait en rien les choses. Bien au contraire.

Il secoua la tête et dit :

— Tu as sans doute raison. Bonne soirée, Isabelle.

Puis il raccrocha.

ALORS QU'ELLE roulait toujours à travers les rues de la ville aux côtés de Jérôme Leblanc, Laura respirait doucement, afin de retrouver son calme, si tant est que ce soit possible.

Elle n'avait pas imaginé que sa première journée de travail ressemblerait à cela. Au départ il avait simplement été question d'enquêter sur une banale histoire d'adultère, mais voilà qu'elle se retrouvait à moitié prise en otage, accompagnée d'un homme armé, dont elle ne savait presque rien, si ce n'était qu'il venait d'échapper à la mort et qu'il transportait avec lui probablement plusieurs dizaines de milliers d'euros en liquide.

Elle commençait sacrément à envier ses collègues qui passaient leurs journées devant l'ordinateur, tout compte fait.

Leblanc venait tout juste de raccrocher son téléphone. Il avait été en contact avec son épouse, apparemment. Il semblait beaucoup plus détendu qu'au moment de leur départ. Il dit :

— Arrêtez-vous sur le bas-côté, faut qu'on discute.

— On ne retourne pas chez vous ?

— Non, c'est bon. Isabelle est en sécurité, et elle n'a pas du tout envie de me voir débarquer ce soir.

Laura mit son clignotant et se gara le long du trottoir. Elle hésita et demanda :

— Votre femme, vous l'aimez ?

— C'est quelqu'un qui m'est cher.

— Ça ne répond pas vraiment à ma question.

Il garda le silence quelques secondes. Autour d'eux, dans la rue, tout était calme. Leblanc dit alors :

— À moi de vous poser des questions, vous ne croyez

pas ? Vous êtes qui exactement ? Qu'est-ce que vous faisiez dans le jardin ? Qui vous envoie ?

Il fit une pause et poursuivit :

— C'est elle, n'est-ce pas ? C'est Isabelle ?

— Oui. C'est ma cliente. Je travaille pour une agence de détective privés. Votre femme nous a embauchés. Elle pense que vous avez une maîtresse.

Il soupira.

— Elle m'a dit ça au téléphone. Non, je n'ai pas de maîtresse. J'ai un métier prenant, c'est tout. Je ne pense pas que ce soit comparable.

Il marqua à nouveau une pause et dit, sur une voix plus douce :

— Et puis, nous n'avons plus les mêmes priorités dans la vie. Nous avons avancé sur des chemins différents. Les gens changent avec le temps, vous savez.

Oui, Laura voyait très bien ce qu'il voulait dire.

— Votre femme souhaite divorcer, mais elle sait que si elle n'arrive pas à vous prendre en faute, elle devra vous verser beaucoup d'argent, et elle ne veut pas.

Pourquoi lui disait-elle cela ? Elle était en train de saborder elle-même sa propre enquête. Mais elle ressentait le besoin de se confier. La journée avait était particulièrement éprouvante pour elle. Et puis, ils venaient tous les deux de faire face à la mort. Ce genre de choses, ça crée des liens.

Leblanc ricana et dit :

— Il ne fallait pas qu'elle se donne cette peine. Oui nous allons divorcer. Et je ne vais rien lui demander. Je n'ai pas besoin de ses millions. J'ai tout ce qu'il me faut. Ma vie ne tourne pas autour de l'argent.

Laura repensa à la mallette. Effectivement, il ne semblait pas avoir de problèmes d'argent. Elle demanda :

— C'était qui ce type, là-bas ? Qu'est-ce que vous faisiez ensemble ?

Il dit, d'un ton doux mais qui ne souffrait pas la discussion :

— Ne le prenez pas mal, mais ça ne vous regarde pas. Disons que cet homme devait me vendre quelque chose. Pour un client à moi. Sauf que manifestement, c'était un piège. Il n'avait rien à me vendre. Il avait juste prévu de repartir avec mon argent, et de laisser mon cadavre pourrir là-bas.

Il sourit et dit :

— Ah, et au fait, je ne sais pas si vous allez me croire, mais contrairement aux apparences, tout ceci était légal. J'ai même un port d'arme, dit-il en désignant son revolver.

Puis il se tourna, prit l'appareil-photo que Laura avait posé sur le siège arrière et l'alluma.

— Hé, demanda-t-elle, qu'est-ce que vous faites ?

— J'efface toutes les photos que vous avez faites ce soir devant la maison.

— Quoi ? Mais vous ne pouvez pas faire ça ! C'est tout mon travail !

Il lui jeta un regard noir.

— Écoutez, il y a un type mort dans le salon de cette maison, et c'est moi qui l'ai tué. Sauf que, à part vous et un ami agent immobilier, qui gardera le silence, j'en suis certain, absolument personne ne sait que j'étais dans cette maison ce soir. Vous comprenez ?

— Mais... C'était de la légitime défense, ce type voulait vous tuer. Je peux témoigner si vous voulez. Et puis moi j'en ai besoin de ces photos, c'est tout mon travail que vous effacez, là.

— Ne vous inquiétez pas, dit-il. On va retourner à Global Consulting. Vous y êtes allée, tout à l'heure, n'est-ce pas ? C'est vous qui avez tenté d'accéder à mon ordinateur.

Comment savait-il cela ? Il poursuivit :

— Vous l'avez vu, je vis là-bas. Vous allez me prendre en photo, dans l'espèce de studio de fortune que je me suis aménagé. Vous m'avez retrouvé. Je ne vis plus avec ma femme. Je n'ai pas de maîtresse, mais j'ai quitté le domicile conjugal. Fin de l'histoire. Vous avez tout ce qu'il vous faut. Vous avez fait votre travail.

Le ton qu'il avait employé était sans ambiguïté. Laura savait que ça ne servirait à rien de négocier.

Il éteignit l'appareil photo, puis il dit :

— Au fait, merci de m'avoir sauvé la vie, tout à l'heure. Je vous revaudrai ça, un jour.

ALORS QU'ILS n'étaient plus qu'à quelques mètres des locaux de Global Consulting, Jérôme regarda la jeune femme. Laura, avait-elle dit de sa voix douce quand il lui avait demandé son prénom.

Il n'en revenait pas que sa femme ait embauché une détective pour le pister. Et lui ne s'était rendu compte de rien. Elle était vraiment douée.

Il aurait bien aimé pouvoir lui répondre. Concernant sa mission. Lui expliquer qu'il était sous contrat directement avec l'armée. Que ce Camille, avec qui il avait échangé quelques messages sur le dark web, cette partie cachée d'internet qui fait tant fantasmer les journalistes, était censé lui vendre un document détaillant le fonctionnement d'un nouvel algorithme de cryptage développé en Russie, et qui intéressait tant l'armée française.

Il aurait aimé pouvoir lui dire ça. Pour la convaincre qu'il n'était pas un criminel dangereux et armé qui traitait avec d'autres criminels dangereux et armés.

Mais c'était impossible.

Laura se gara juste devant l'immeuble de Global Consulting.

Jérôme descendit de la voiture et dit :

— Restez là, je vais ouvrir la fenêtre là-haut, le temps de fumer une petite cigarette. Vous n'aurez qu'à me prendre en photo d'ici. On n'aura qu'à dire que vous avez planqué ici toute la soirée pour prendre ces clichés.

— Comme vous voudrez.

— Bonne soirée, Laura.

Puis il prit la mallette, y rangea les deux armes, et rentra dans l'immeuble.

✽

CE MATIN-LÀ, comme tous les matins, à peine arrivée à l'Agence, Laura arrosa le ficus de son bureau. Il se portait comme un charme. Il était bien exposé, près de la fenêtre il avait juste assez de lumière, aucun chat ne le mangeait plus désormais, et il avait presque doublé de taille en à peine deux semaines.

Le tas de dossiers sur son bureau, lui aussi, se portait bien, malheureusement. Les affaires s'étaient enchaînées, et toutes n'étaient pas aussi intéressantes que le dossier Leblanc. Des créanciers qui cherchaient à recouvrer leurs dettes auprès d'entreprises insolvables. Des adolescents en quête d'indépendance que leurs parents inquiets voulaient faire surveiller de près. Des histoires d'escroquerie à l'assurance. Que des choses barbantes, quoique moins dangereuses.

Alors qu'elle venait de démarrer son ordinateur afin de se replonger dans l'affaire Brichaut, une histoire ennuyante de recherche d'héritiers au sein d'une famille qui possédait tellement d'argent qu'elle ne savait plus quoi en faire, on frappa à la porte de son bureau.

Sans même qu'elle n'ait le temps de répondre, la porte s'ouvrit et le boss entra, un nouveau dossier à la main. Elle lui dit :

— Bonjour, monsieur le directeur.

Il posa le dossier sur sur bureau, tout en haut de la pile, et dit :

— Vous vous occuperez de cette affaire, s'il vous plait. C'est assez urgent. Et le dossier Brichaut, ça en est où ?

— J'allais justement travailler dessus, monsieur le directeur.

— Eh bien, dépêchons, s'il vous plait. Cette affaire ne va pas se résoudre toute seule. Ah, au fait, j'ai clôturé votre premier dossier, l'affaire Leblanc. La cliente a payé. La procédure de divorce est en cours, et son mari ne lui demande pas la moindre somme d'argent. Madame Leblanc m'a demandé de vous faire savoir qu'elle était très satisfaite de votre travail.

Voilà qui lui faisait plaisir.

— Merci, monsieur le directeur.

— Ce n'est pas moi qu'il faut remercier. Bon, eh bien, maintenant que ce dossier est définitivement clos, vous allez enfin pouvoir vous mettre sérieusement sur l'affaire Brichaut. Allez, au travail !

Et il quitta le bureau.

Laura soupira. Son boss était incapable de lui faire le moindre compliment.

Elle était là depuis moins d'un mois, et son job l'ennuyait. Sa vie l'ennuyait. Ce soir, comme tous les soirs, elle rentrerait dans son appartement, et regarderait des séries sur son ordinateur avec le chat sur les genoux.

Alors qu'elle allait se lancer dans son travail, son portable sonna.

Elle regarda l'écran, qui affichait « Global Consulting ».

Fébrile, elle décrocha.

— Allô ?

— Bonjour, madame Chapuis, ici Jérôme Leblanc, de Global Consulting. Je ne sais pas si vous vous rappelez de moi, nous avons été amenés à nous rencontrer dans le cadre de nos activités professionnelles respectives.

Elle sourit et dit :

— Bonjour, monsieur Leblanc.

— Dites-moi, madame Chapuis, je suis actuellement en train de travailler sur un dossier compliqué pour un de mes clients, et j'aurais besoin de faire appel à une détective privée. J'aurais pu faire appel à l'agence qui vous emploie, mais j'aimerais mieux traiter directement avec vous. Vous comprenez, je suis un indépendant, et je préfère travailler avec des indépendants. Je paie généreusement. Nous pourrions nous rencontrer ce soir, disons vers dix-neuf heures, pour en discuter. Qu'en dites-vous ?

Le sourire s'agrandit sur son visage. Et si c'était l'occasion de quitter l'Agence, le manque de considération du boss et les dossiers ennuyants ? Et l'idée de revoir Jérôme Leblanc n'était pas non plus pour lui déplaire. Elle demanda :

— Rassurez-moi, c'est un rendez-vous purement professionnel, n'est-ce pas ?

— C'est un rendez-vous principalement professionnel.

— Écoutez, je consulte mon agenda...

Elle fit semblant de fouiller parmi ses papiers et dit :

— Oui, dix-neuf heures, il me semble que j'ai une disponibilité.

— Eh bien c'est parfait alors. À ce soir, madame Chapuis.

Elle raccrocha.

Peut-être que sa soirée ne se passerait pas si mal que ça, tout compte fait.

L'HOMME DANS LA VOITURE

En passant devant le miroir situé dans l'entrée de son petit appartement, Laura Chapuis ajusta une nouvelle fois sa coiffure. Elle se sentait un peu ridicule, c'était au moins la centième fois qu'elle se passait la main dans les cheveux. Mais ce soir, elle avait rendez-vous avec Jérôme Leblanc, un homme qu'elle avait rencontré quelques semaines auparavant.

Les guirlandes de leds qu'elle avait disposées un peu partout dans son appartement diffusaient une douce lumière tamisée. Ambiance cosy, exactement comme elle l'aimait. Elle avait allumé sa chaîne et passait un vieux disque de jazz cool, un vinyle d'époque qu'elle avait emprunté un jour à son père. Elle avait allumé des bougies parfumées un peu partout. Senteur fruits des bois, reconnaissable mais subtile. Derrière elle, sur le canapé, son chat dormait comme un bienheureux.

Elle était partie du bureau un peu plus tôt que d'habitude ce soir-là. Dix-sept heures, le temps de se préparer, de se rendre présentable. À l'Agence, là où elle travaillait en tant que détective privée, le boss l'avait enguirlandée. « Et vos dossiers, ce n'est pas comme ça qu'ils vont avancer, madame Chapuis. »

Qu'il aille au diable ! Elle ne comptait pas ses heures habituellement, et elle passait une bonne partie de ses soirées au bureau, à faire des heures sup' non rémunérées. Elle s'en moquait, en temps normal. Ce n'était pas comme s'il y avait quelqu'un qui l'attendait à la maison, le soir. Enfin, à part son chat, mais ça ne comptait pas vraiment. Lui, en général, c'était à peine s'il remarquait sa présence.

Non, ce soir, pour une fois, Laura allait prendre un peu de temps pour elle.

Les notes du piano de Bill Evans s'égrenaient tranquillement, comme si le temps ralentissait, comme s'il lui offrait enfin une longue soirée, loin des tracas du quotidien, rien que pour elle.

Pour lui laisser le temps de faire plus ample connaissance avec Jérôme Leblanc.

La première fois qu'elle l'avait rencontré, c'était au cours d'une enquête. L'ancienne épouse de Jérôme pensait que son mari la trompait. Laura avait donc été chargée de le suivre et d'enquêter sur lui. Il s'était avéré qu'il n'en était rien. Jérôme s'était mêlé à une affaire, dans le cadre de son boulot, où il avait failli se faire descendre. Laura était intervenue, et avait dû compromettre sa propre mission au passage.

Puis Jérôme avait divorcé, et, durant la matinée, l'avait appelée, et avait proposé qu'ils passent la soirée ensemble. Pour des raisons « principalement professionnelles », avait-il dit sur le ton de l'humour, sous-entendant que ce serait aussi pour des raisons personnelles... D'ailleurs, il avait réservé une table pour deux aux Trois Tigres, l'un des restaurants les plus chics et les plus romantiques de la ville. Pour dix-neuf heures.

Il était déjà dix-huit heures quarante, et Laura était à une vingtaine de minutes de marche du restaurant. Il fallait vraiment qu'elle parte. Elle ne voulait pas arriver en retard.

Elle se recoiffa une dernière fois devant la glace, mit ses escarpins les plus élégants, salua son chat indifférent d'une voix guillerette, éteignit la platine, et claqua la porte de son appartement.

❧

Un sourire aux lèvres, Jérôme Leblanc explorait du bout des doigts les accoudoirs en noyer du nouveau fauteuil en cuir qu'il venait d'acheter pour Global Consulting, la société de conseil en sécurité informatique qu'il avait fondée.

C'était un bel objet, confortable, fonctionnel et solide. Il sentait le neuf. Un mélange de cuir et de bois verni. Il s'accordait particulièrement bien au reste de la pièce. Un sol fait d'un antique parquet en chêne datant de près d'un siècle, un bureau massif d'un bois sombre luxueux, un ordinateur dernier cri...

Jérôme n'était pourtant pas particulièrement attaché aux choses matérielles, et il n'avait pas acheté ce fauteuil pour son confort personnel, mais pour une question de standing.

Il vendait des services haut de gamme à des clients particulièrement fortunés. Il ne pouvait pas se permettre de les accueillir au milieu d'un mobilier de qualité standard. Même si les affaires marchaient plutôt bien, il ne roulait pas sur l'or, certes, mais c'était une question d'image.

Et puis, les dernières semaines avaient été difficiles pour lui. Il venait de divorcer, parce que son ex-femme et lui n'avaient plus rien en commun, depuis bien longtemps.

Beaucoup de choses à gérer. Un nouvel appartement à trouver, des procédures administratives à n'en plus finir, et à côté de tout ça une charge de travail colossale. C'était à peine s'il avait vu la lumière du jour depuis près d'un mois.

Mais, à partir de ce soir, ce serait différent. Le nouveau mobilier qu'il avait commandé était arrivé. La dernière mission sur laquelle il avait travaillé état terminée, et elle lui avait suffisamment rapporté pour qu'il puisse se permettre d'attendre la suivante, planifiée le mois suivant, sans avoir besoin de manger des pâtes à tous les repas.

Et puis, surtout, ce soir, il avait donné rendez-vous à Laura Chapuis, la mignonne détective que son ex-femme avait envoyé à ses trousses, alors qu'elle était persuadée qu'il la trompait. À tort.

Mais il n'en voulait pas à son ancienne épouse, bien au contraire. Sans ses soupçons, sans sa paranoïa maladive, jamais il n'aurait eu l'occasion de rencontrer Laura.

Et puis la jeune femme l'avait tiré d'embarras, involontairement certes, mais sans elle il ne serait sans doute plus de ce monde. En plus d'être particulièrement séduisante, Laura avait l'air très compétente dans son métier. Et ça tombait bien, il avait besoin des services d'une détective privée pour sa prochaine mission. Celle qui débuterait dans un mois. Ce soir, il joindrait donc l'utile à l'agréable.

Enfin, il avait surtout envie de se focaliser sur l'agréable, pour le moment. Ils parleraient boulot, évidemment, mais ce n'était pas là-dessus qu'il avait l'intention de focaliser l'essentiel de leurs discussions.

Ce soir, ce serait avant tout un temps pour se connaître, pour se découvrir l'un et l'autre. Si le courant passait bien, comme il l'espérait, ce serait tant mieux. Et si ça ne passait pas, eh bien tant pis, cela resterait une relation professionnelle comme tant d'autres.

Il se leva et fit quelques pas dans la grande pièce, faisant craquer les lattes du parquet sous ses pieds. Dehors, la nuit était tombée depuis longtemps déjà. S'approchant de la fenêtre, Jérôme observa son reflet, retira sa cravate et ôta les deux premiers boutons de sa chemise. Élégant, mais décontracté.

Il prit son manteau, éteignit la lumière et ouvrit la porte.

Il tomba alors nez à nez avec deux hommes en costume sombre. Un homme immense de près de deux mètres de haut, et presque aussi large d'épaules. À côté de lui se tenait un homme très sec, la cinquantaine, au nez en bec d'aigle.

Jérôme ne connaissait pas le géant, mais il connaissait très bien l'homme au nez en bec d'aigle. Simon Berthier, un type de la DGSI. Les services secrets. Il tendit la main vers Jérôme et dit, de sa voix forte et sur un ton faussement naïf :

— Ah, monsieur Leblanc, vous ne partiez pas j'espère !

— J'étais sur le départ, si, répondit Jérôme en lui serrant la main.

— Ah, écoutez, nous n'en avons vraiment pas pour long-temps, dit Berthier en forçant le passage pour rentrer dans le bureau. Ce serait l'affaire d'une minute ou deux !

Et, ce disant, il s'installa dans un des deux fauteuils club que Jérôme mettait à disposition de ses clients, confirmant par là-même que leur conversation allait durer plus d'une minute.

Beaucoup plus.

Mais Jérôme n'avait pas le choix. Il le savait.

C'ÉTAIT la première fois que Laura se rendait aux Trois Tigres. Ce genre d'endroit, ce n'était pas vraiment dans son budget. Et effectivement, quel luxe !

D'immenses lustres en cristal au plafond éclairaient une grande salle où étaient disposées une vingtaine de tables couvertes de nappes d'une blancheur irréprochable. D'un coup d'œil, Laura se douta que, si elle avait voulu acheter une nappe de ce genre, il lui aurai fallu sacrifier son PEL.

Et les couverts ! De l'argenterie à toutes les tables, impeccablement disposée. Des sièges profonds, en cuir rouge, donnaient un peu de couleur à la salle décorée principalement de mobilier blanc.

Au fond de la pièce, on avait allumé une immense cheminée qui diffusait une agréable chaleur à travers toute la grande salle.

Des enceintes cachées on ne sait où diffusaient de la musique classique à bas volume. Les clients n'étaient pas encore nombreux à cette heure-là, mais on devinait quand même les murmures de conversations, ici ou là.

Jérôme n'était pas encore arrivé, mais Laura était aux anges. Il avait vraiment sorti le grand jeu.

Raide comme un piquet derrière un pupitre en laiton, un serveur guindé, habillé d'un costume noir et d'une chemise blanche, lui demanda :

— Bonsoir madame, vous aviez réservé ?

— Euh, oui, une table pour deux, au nom de Leblanc. Jérôme Leblanc. Il n'est pas encore arrivé je pense.

Le serveur consulta un cahier posé devant lui, raya une ligne à l'aide d'un stylo doré, et répondit :

— En effet, suivez-moi madame.

Il l'accompagna jusqu'à une petite table pour deux, au fond de la salle, tira un fauteuil et l'invita à s'asseoir.

— Souhaitez-vous que je vous apporte tout de suite la carte, madame ?

— Non, merci, c'est gentil, je vais attendre l'autre personne, il ne devrait pas tarder.

— Très bien. À tout à l'heure, madame, dit-il avant de s'éloigner.

Laura regarda la pendule qui était accrochée au-dessus de la cheminée. Dix-neuf heures trois. Elle était arrivée pile à l'heure. Jérôme n'était pas encore là, mais il n'allait pas tarder. Elle regarda autour d'elle, les épais rideaux de velours rose pâle devant les immenses fenêtres, les serveurs qui s'affairaient autour d'elle, les clients qui commençaient à arriver, peu à peu.

Quand elle leva à nouveau la tête en direction de l'horloge, il était déjà dix-neuf heures quinze. Le quart d'heure de politesse, celui pendant lequel il est acceptable d'être légèrement en retard, était désormais dépassé. Elle sortit son téléphone et regarda si Jérôme n'avait pas laissé de message, par le plus grand des hasards. Peut-être avait-il eu un contretemps, après tout.

Rien. Aucun message, aucun appel en absence. Elle rangea son téléphone.

Laura commença à se ronger nerveusement les ongles. Elle n'était pas d'une nature patiente, en dehors du boulot.

Et puis, elle trouvait cela particulièrement inconfortable d'être comme ça, seule, au milieu d'un restaurant, à attendre quelqu'un. Sans doute que personne ne prêtait attention à elle, et pourtant, elle se sentait tellement vulnérable. En proie au doute. Et s'il ne venait pas ? Et s'il avait oublié ? Ou changé d'avis ? Après tout, ils ne se connaissaient pas vraiment tous les deux.

Elle sentit alors son téléphone vibrer dans sa poche, puis une sonnerie retentir. Elle venait de recevoir un message.

Fébrile, elle sortit l'appareil, tout en s'excusant d'un sourire auprès du couple à la table d'à côté, que le bruit semblait avoir dérangé. Ça va, c'était juste une sonnerie, ils allaient s'en remettre.

L'écran affichait « Jérôme Leblanc : un message ». Elle cliqua sur le bouton « lire ».

Le message s'afficha : « Laura, je suis vraiment désolé. Un impondérable vient de me tomber dessus. Quelque chose que je ne pouvais pas prévoir et que je ne peux pas annuler. Je ne vais pas pouvoir honorer notre rendez-vous de ce soir. Je ne sais pas comment me faire pardonner. Mais ce n'est que partie remise ! Que dirais-tu de demain soir ? J'offrirai le champagne. Amicalement, Jérôme. »

Quel fumier ! Laura était furieuse. Elle commença à taper une réponse, se relut et, la trouvant trop agressive, la supprima. Elle réfléchit quelques secondes, et répondit : « Désolée, je ne suis pas disponible demain soir. Trop de boulot. Laura »

Puis elle se leva et expliqua au serveur qu'elle n'allait pas rester, que l'autre personne n'allait pas venir, et qu'ils pouvaient donner la table à quelqu'un d'autre. Elle s'excusa. Comme si elle y était pour quelque chose ! Elle avait l'impression que, dans la salle, tous les regards étaient tournés vers elle. Elle se sentait tellement humiliée !

JÉRÔME FAISAIT les cent pas dans son bureau. Il fulminait. Berthier était en train de lui pourrir sa soirée. Cela faisait déjà un quart d'heure que Laura était au restaurant, et il ne savait pas pour combien de temps encore il allait devoir subir son visiteur. Il venait d'envoyer un message, laconique, pour annuler le rendez-vous, tout en présentant ses plus plates excuses.

Et le pire, c'est qu'il ne pouvait même pas s'expliquer. Impossible d'envoyer un SMS disant « coucou, je suis en rendez-vous avec un type des services secrets, un type très bien, je ne peux pas l'envoyer balader, c'est quelqu'un de très haut placé, il s'appelle Berthier, et il est avec moi au bureau en ce moment-même, d'ailleurs je te rappelle l'adresse, c'est... »

Non, impossible. Les SMS ne sont pas chiffrés, n'importe qui de mal intentionné peut les intercepter, et une chose est certaine, c'est que les services secrets n'aiment pas que l'on

communique la positions de leurs agents, *a fortiori* les plus
gradés, à qui veut bien l'entendre.

Et Jérôme ne pouvait pas se fâcher avec Berthier. La
DGSI était un gros client. Ils travaillaient souvent avec lui.
Jérôme était particulièrement brillant dans le domaine de la
cybersécurité. Tout ce qui touchait à la sécurité dans le
domaine informatique. Il était consultant indépendant dans
ce domaine, et n'avait aucun mal à trouver des clients quand
c'était nécessaire.

La DGSI avait déjà essayé de le débaucher, mais en vain.
Jérôme aimait son indépendance. Et puis, cela les arrangeait
bien de savoir qu'il était en contact régulier avec des entreprises qui s'inquiétaient de leur sécurité informatique. Qui
dit entreprise faisant appel à un expert de haut niveau en
cybersécurité, dit entreprise qui a potentiellement quelque
chose à cacher.

Il n'avait donc rien pu dire à Laura, si ce n'étaient des
banalités. Comment le prendrait-elle ? Sûrement très mal. Et
il la comprenait tout à fait. Lui aussi réagirait mal si on lui
faisait un coup pareil.

Et le pire, c'était que Berthier n'avait pas encore clairement
expliqué pourquoi il était là. Depuis qu'il s'était avachi dans le
fauteuil, l'homme au nez en bec d'aigle avait passé son temps
à envoyer des messages sur son téléphone et à consulter sa
messagerie, sans décrocher un mot. Et l'autre homme, l'armoire à glace, était quant à lui resté debout, près de la porte,
sans que Jérôme ne sache vraiment s'il était là pour empêcher
quelqu'un d'entrer ou pour l'empêcher lui-même de sortir.

Jérôme sentit son téléphone vibrer dans sa poche. Sans
doute Laura qui venait de répondre à son message. Alors
qu'il allait sortir l'appareil de sa poche pour lire la réponse,
Berthier rangea le sien, se leva et dit :

— Monsieur Leblanc, excusez-moi. Vous devez vraiment

me trouver grossier. Je m'incruste chez vous, comme cela, sans même y avoir été invité, et voilà qu'à peine arrivé je m'installe dans votre fauteuil, très confortable d'ailleurs, si seulement vous saviez comment nous sommes lotis au ministère ! Enfin, passons. Je m'installe dans votre fauteuil et je me mets à pianoter sur mon téléphone, en faisant comme si vous n'étiez pas là. Ma fille est un peu comme ça, d'ailleurs. Elle a treize ans, et le soir, quand elle rentre du collège, elle se précipite sur le canapé, s'avachit comme une chiffe, et se met à jouer pendant des heures sur son smartphone. C'est comme si, sa mère et moi, nous n'étions pas là ! Ah, les ados... Vous avez des enfants, monsieur Leblanc ?

Jérôme s'apprêtait à répondre, mais Berthier poursuivit :

— Mais non, suis-je bête, vous n'avez pas d'enfant. Je le sais bien. D'ailleurs, cette... Laura Chapuis n'en a pas non plus, je me trompe ?

Jérôme se figea. Il sentit tout son corps se crisper. Il savait bien que la DGSI suivait sa vie de très près, ça n'était pas la première fois que ça se produisait, et ça n'avait rien d'étonnant qu'ils se soient intéressés à son début d'histoire avec Laura. Et pourtant, pour une fois, cette intrusion dans sa vie privée le mettait particulièrement mal à l'aise.

— Je ne pense pas que cela vous regarde, dit-il simplement.

Berthier se mit, à son tour, à marcher de long en large dans le bureau, faisant crisser le parquet. En évitant soigneusement de croiser le regard de Jérôme, il répondit :

— Oui, excusez-moi, je me mêle de ce qui ne me regarde pas. Je suis un véritable fouinard. On me l'a souvent reproché. Mais, je ne vous apprend rien si je vous dis que, dans nos métiers, la curiosité n'est pas un vilain défaut. Au contraire, n'est-ce pas ?

Sans attendre la réponse, il fit un mouvement de menton vers la poche de Jérôme et dit :

— À propos, vous ne regardez pas ce qu'elle vous a répondu ? Prenez votre temps, franchement, Thibault et moi ne sommes pas pressés.

Jérôme regarda le colosse du coin de l'œil. En entendant son nom, le fameux Thibault n'avait même pas cillé.

— C'est bon, ça peut bien attendre cinq minutes, de toute façon vous n'allez pas vous éterniser ici, monsieur Berthier.

Ce n'était pas formulé comme une question. Berthier sourit et dit :

— En effet. Je suis un incorrigible bavard, vous faites bien de me le faire remarquer. Alors voilà. Venons-en au fait. Si je vous parle de votre amie, ce n'est pas vraiment pour vous faire enrager. C'est plutôt son employeur qui nous intéresse, en vérité.

Intrigué, Jérôme s'assit sur le rebord de son bureau, sans décrocher un mot. L'homme au nez en bec d'aigle poursuivit :

— Elle travaille pour une agence de détectives privés qui s'appelle « l'Agence », n'est-ce pas. Juste « l'Agence ». Très sobre comme nom. Pas très recherché, soit dit en passant. Enfin, c'est leur problème. Le nôtre, de problème, c'est que nous avons constaté des choses bizarres, près du domicile du préfet.

Jérôme haussa les sourcils :

— Quel genre de choses bizarres ?

— Il y a quelques jours, un type bizarre a passé la nuit près de son domicile. Il était habillé bizarrement, un sweat noir avec la capuche sur la tête, et il reste planté là toute la nuit, sans sortir de son véhicule, à observer et à prendre des notes sur ce qui ressemble à un calepin. C'est en observant les vidéos de surveillance que nous l'avons repéré, quelques jours plus tard. Nous ne savons pas qui c'était, il faisait nuit, et la personne était habillée de manière à ne pas être facilement reconnaissable.

— D'accord, mais quel rapport avec l'Agence ?

— Nous ne savons pas qui était au volant, mais nous avons la plaque d'immatriculation du véhicule, monsieur Leblanc. Ce n'est pas une voiture qui appartient à un particulier. C'est un véhicule de société. Un véhicule qui appartient à l'Agence.

Les pièces commencèrent à s'emboîter dans la tête de Jérôme.

— Et donc, vous voulez savoir qui s'intéresse à la vie du préfet, et pourquoi. Et la seule piste que vous avez, c'est qu'il s'agit d'un homme qui travaille à l'Agence, et vous aimeriez bien que je retrouve de qui il s'agit, n'est-ce pas ?

— Je n'ai pas dit qu'il s'agissait d'un homme, monsieur Leblanc. La personne était méconnaissable, comme je vous le disais. Peut-être s'agissait-il d'une femme.

— Laura est la seule femme à l'Agence.

Le petit sourire narquois que Berthier affichait depuis son arrivée s'effaça aussitôt.

— Précisément. J'espère que vous comprenez maintenant pourquoi nous avons dû vous contacter si vite, au point d'interférer avec vos plans de ce soir. Avant que les choses ne deviennent, disons, plus sérieuses entre cette jeune femme et vous. Méfiez-vous d'elle, monsieur Leblanc. Je sais que vous ne lui avez rien dit pour l'instant, mais ne laissez surtout pas sous-entendre que vous travaillez avec nous, de quelque manière que ce soit. Ne la laissez pas s'approcher de vos dossiers, ou de votre ordinateur.

Jérôme se sentit presque insulté par ce que Berthier venait de dire.

— Pour qui vous me prenez, exactement ? Depuis le temps que nous travaillons ensemble, je...

— Pour un homme, monsieur Leblanc. Je vous prends

pour un homme. Si vous saviez le nombre de mes agents qui sont tombés à la suite de confidences sur l'oreiller... Le nombre de secrets industriels qui se sont retrouvés éventés parce qu'un décideur n'a pas su tenir sa langue... Le nombre de chefs d'états victimes de chantage après une simple partie de jambes en l'air... Nous sommes faibles, monsieur Leblanc. Nous les hommes, nous nous croyons forts, mais en vérité nous sommes faibles.

Jérôme secoua la tête. Berthier venait de lui faire perdre sa soirée pour ça.

— Donc, vous vous êtes arrangé pour que je ne tombe pas dans les bras de Laura. C'est bien joué de votre part. Après un coup pareil, certainement qu'elle ne voudra plus jamais m'adresser la parole. À tous les coups, elle a déjà effacé mon numéro et m'a bloqué pour que je ne puisse plus la contacter. La fin justifie les moyens, n'est-ce pas ? Ça n'arrange pas vos petites affaires que je fréquente Laura, alors vous faites en sorte qu'elle me raye de son existence, n'est-ce pas ?

Berthier haussa les sourcils, comme s'il était surpris.

— Au contraire, monsieur Leblanc. Au contraire. Cela nous arrange tout à fait que vous la fréquentiez. Du moment que vous faites attention. Inversons les rôles. En étant en contact avec elle de la sorte, vous saurez rapidement si oui ou non elle est mêlée à cette affaire. Et, dans le cas contraire, vous nous aiderez à trouver qui est responsable.

— Attendez, vous me demandez de trahir la personne qui me plait c'est ça ? De l'utiliser, pour servir vos basses besognes ?

— Pour servir la France, monsieur Leblanc. Pour servir la France. Qui est votre plus gros client, ne l'oubliez pas.

Avant que Jérôme ne puisse répondre quoi que ce soit, il se dirigea vers la sortie. Le colosse ouvrit la porte, et, tout en sortant, Berthier dit :

— Bonne soirée monsieur Leblanc. Et encore une fois toutes nos excuses pour ce soir. Il est certain que mademoiselle Chapuis vous en voudra après un coup pareil. Mais vous êtes un homme séduisant. Vous saurez rattraper le coup, j'en suis absolument certain.

Puis il salua Jérôme d'un signe de tête, avant de s'éclipser.

Jérôme prit quelques secondes pour soupirer, donna un grand coup de poing dans son bureau, sortit son téléphone de sa poche et regarda la réponse de Laura.

Elle était vraiment furieuse.

Effectivement, rattraper le coup n'allait pas être une mince affaire.

C'est juste après sa pause déjeuner le lendemain, en retournant dans son bureau à l'Agence, que Laura se rendit compte qu'elle était d'étonnamment bonne humeur.

La veille au soir, à peine sortie du restaurant des Trois Tigres, elle avait appelé Pauline, sa meilleure amie. Elles avaient passé la soirée toutes les deux, chez Laura, à discuter boulot, un peu, et à regarder des séries sur l'ordinateur.

C'était à peine si elles avaient abordé le sujet du lapin que Jérôme lui avait posé la veille. Il lui avait envoyé un second message dans la soirée, qui disait à quel point il était vraiment désolé, mais qu'il renouvellerait très prochainement son invitation.

Elle n'avait même pas pris la peine de répondre. Elle se laissait le temps de la réflexion. Elle ne le connaissait pas, finalement. Elle ne l'avait vu qu'une seule fois, et c'était dans des circonstances très particulières. Peut-être qu'il n'en valait pas plus la peine que ça. D'ailleurs, c'était exactement ce que lui avait dit Pauline.

Elle entra dans son bureau et machinalement, comme tous les après-midis après le déjeuner, elle mit sa bouilloire en marche. À l'Agence, tous les détectives avaient un bureau individuel. En général tout le monde travaillait sur des dossiers différents, et, évidemment, la discrétion était de rigueur. Personne ne savait sur quoi les autres travaillaient. Sauf le boss, bien entendu.

Laura ne voyait ses collègues qu'à de rares occasions. En salle de pause, pendant le déjeuner, ainsi que pendant des réunions, les rares fois où ils bossaient à deux ou trois sur le même dossier.

Le reste du temps, elle travaillait seule dans cette petite pièce aux murs blancs, complètement insonorisée, avec pour seule décoration un ficus qu'elle avait ramenée de chez elle parce que son chat en faisait de la charpie, et avec pour seule vue une ruelle insipide et calme, bien loin du centre-ville.

Elle passait ses journées dans cette ambiance quasi-monacale, face à son ordinateur, sans presque voir personne de la journée.

Cela faisait plusieurs semaines qu'elle ne s'était pas retrouvée sur le terrain, et tout ce qu'elle espérait, c'était que le boss vienne la voir, la débarrasse de l'ennuyeux dossier sur lequel elle travaillait en ce moment, et lui confie une planque, une filature, ou quoi que ce soit qui lui permette enfin de sortir de ce maudit bureau pour prendre l'air.

Donc, oui, il était inconcevable de commencer l'après-midi sans un bon thé bien chaud.

Une fois que l'eau fut chaude, elle mit un sachet de thé vert aux fruits rouges dans son mug. À peine avait-elle versé l'eau brûlante qu'une délicieuse odeur de fruits des bois se répandit dans la petite pièce.

C'est alors que la porte de son bureau s'ouvrit.

Le boss apparut, accompagné d'une homme d'une trentaine d'années, bien habillé, vêtu d'un costume neuf et d'une chemise impeccablement repassée. Il portait des lunettes de garçon bien sage et semblait tout juste sortir de chez le coiffeur. On aurait dit un premier communiant que sa mère aurait habillé pour l'occasion. Un petit garçon piégé dans le corps d'un adulte. Elle ne put réprimer un sourire, et dit :

— Bonjour, monsieur le Directeur.

— Oui, bonjour madame Chapuis. Je vous présente votre nouveau collègue. J'espère que vous lui ferez bon accueil.

Le premier communiant s'approcha d'elle, lui tendit timidement la main et dit d'une voix tremblante :

— Bonjour madame, je m'appelle Antoine. Euh... Antoine Charbonnel.

— Bienvenue Antoine, dit-elle en lui serrant la main et en faisant un grand sourire. Mais vous pouvez m'appeler Laura, vous savez. Ici, on s'appelle tous par nos prénoms.

— Euh... Bien madame... Laura, répondit-il en rajustant ses lunettes.

— Monsieur Charbonnel est ici pour remplacer Bruno Morin.

Laura réfléchit. Morin. Oui, ça lui revenait. C'était un des détectives de l'Agence. Elle ne l'avait vu que deux ou trois fois depuis qu'elle était ici. Maintenant qu'elle y pensait, c'était vrai qu'elle ne l'avait pas vu ces deux dernières semaines.

— Oui, Bruno, dit-elle. Qu'est-ce qu'il est devenu ?

Le boss leva les mains en l'air, en un geste d'impuissance, et dit :

— Écoutez, ça fait dix jours qu'il ne donne plus signe de vie. Il a abandonné son poste en plein milieu de journée, personne ne l'a revu depuis, et il ne répond ni à mes courriels ni à mes coups de fil. Je ne peux pas me permettre d'avoir des agents qui disparaissent comme ça dans la nature. S'il revient un jour, il faudra qu'il me rende des comptes. En attendant, j'ai redonné les dossiers sur lesquels il travaillait à monsieur Charbonnel.

En entendant son nom, le jeune homme se raidit. Laura lui fit un nouveau sourire, ce qui ne sembla pas le détendre. Bien au contraire. Il allait vraiment falloir qu'il se décoince.

— Bon, eh bien, dit le boss, madame Chapuis, nous n'allons pas vous embêter trop longtemps, je sais que vous avez beaucoup de travail. Oh, n'oubliez pas que j'attends votre rapport sur l'affaire Brichaut d'ici demain matin !

Puis ils s'éclipsèrent tous les deux.

Laura retira le sachet de thé de sa tasse. Elle souffla sur le breuvage, par réflexe, tout en sachant que c'était inutile. Il était tiède désormais. Elle but une gorgée et grimaça. Il avait infusé trop longtemps. C'était beaucoup trop amer ! Impossible de boire ça.

Elle se rendit en salle de pause, vida son mug dans l'évier, retourna dans son bureau, et remit la bouilloire en marche. Alors qu'elle allait se rasseoir en attendant que l'eau chauffe, elle jeta un œil par la fenêtre.

En bas, dans la rue habituellement déserte à cette heure-ci, un homme marchait d'un pas volontaire, avant d'entrer dans l'immeuble.

Le bureau de Laura était situé au deuxième étage, et pourtant, elle avait reconnu l'homme sans l'ombre d'un doute.

C'était Jérôme Leblanc.

&a.

JÉRÔME ENTRAIT dans les locaux de l'Agence pour la première fois. Ils étaient situés dans un grand immeuble de trois étages, dont ils occupaient tout le deuxième, dans une petite rue quelconque, assez éloignée du centre-ville.

Il sonna à l'interphone. Une femme à la voix peu aimable lui répondit et l'invita à monter. Quand il arriva, un petit homme âgé d'une cinquantaine d'années, fortement dégarni et à la moustache savamment entretenue l'accueillit, se présenta comme le directeur de l'Agence, et demanda :

— Vous devez être Nicolas Dubreuil, c'est bien cela ?

— Oui, dit Jérôme. C'est moi-même.

Jérôme avait dû s'inventer une fausse identité. Son nom était déjà connu, ici, à l'Agence. Ils avaient déjà enquêté sur lui, après tout. Mais, à part Laura, personne ne le connaissait. Ils avaient peut-être déjà vu son visage sur une photo ou deux, et encore.

Il n'avait qu'à espérer qu'il ne croiserait pas la jeune détective. Et, s'il la croisait malgré tout, ce ne serait pas un drame. Il avait préparé un bobard, le cas échéant.

Le directeur le guida le long d'un couloir silencieux. Ils longèrent plusieurs portes fermées. Les bureaux des détectives de l'agence, de toute évidence. Apparemment, l'entreprise prenait la confidentialité des affaires de ses clients au sérieux. C'était bien compréhensible, et ça faisait plutôt les affaires de Jérôme. Il préférait qu'un minimum de gens le voient.

Le bureau du directeur était une pièce assez spacieuse, mais décorée sobrement. Il n'avait pas pris le même parti que Jérôme d'utiliser du mobilier de luxe. Ici, le minimalisme à la suédoise était de mise. Tout le mobilier était fait de bois clair bon marché. L'homme joua avec sa moustache, s'assit derrière son bureau tout en désignant une chaise en plastique transparent :

— Asseyez-vous, je vous en prie.

Jérôme s'exécuta. Le directeur dit :

— Bien, monsieur, avant de parler de votre affaire, je

tiens à vous signaler qu'ici, à l'Agence, nos maîtres-mots sont sécurité, efficacité, discrétion. Nous traitons toutes sortes de dossiers, des affaires d'adultères aux problèmes de surendettement en passant par les recherches d'héritiers en cas de successions complexes. Nos clients sont très variés, nous travaillons avec des particuliers comme avec des entreprises, grandes et petites, et...

— Eh bien, cela tombe bien, monsieur le directeur, l'interrompit-il, si j'ai pris rendez-vous avec vous cet après-midi même, c'est pour que vous m'aidiez à retrouver ma jeune sœur, qui a disparu il y a quelques jours. Voyez-vous, nous sommes très inquiets, car elle avait beaucoup de problèmes d'argent récemment, et je sais qu'elle a parfois de mauvaises fréquentations, si vous voyez ce que je veux dire. Nous avons peur qu'il lui soit arrivé malheur, et la police ne souhaite pas nous venir en aide pour le moment. « Elle est majeure », nous a-t-on dit, et il n'y a soi-disant pas lieu de s'inquiéter. Mais, tenez, nous avons préparé tout un dossier avec des informations la concernant. Des photos récentes d'elle, une liste de ses derniers relevés de compte, et aussi une copie des derniers e-mails qu'elle nous avait envoyés.

Et, ce disant, Jérôme sortit une clé USB de sa poche et la tendit au directeur. Puis il montra l'écran de l'ordinateur posé sur le bureau et dit :

— Vous allez voir, je vais vous montrer.

Comme Jérôme l'avait espéré, son interlocuteur inséra, sans plus réfléchir, la clé USB dans son ordinateur. Puis il ouvrit l'explorateur de fichiers.

— Ce fichier-là, dit Jérôme en montrant un document à l'écran.

La photo d'une jeune femme apparut à l'écran. Une inconnue dont Jérôme avait trouvé la photo quelque part sur internet, accompagnée d'un dossier qu'il avait monté de toutes pièces dans la matinée.

Mais ce n'était pas cela qui importait. Ce qui importait, c'était que le directeur avait inséré la clé dans son ordinateur. Et, sans qu'il le sache, pendant que Jérôme discutait avec lui, tout le contenu de son disque dur était en train de se faire aspirer, copier dans un répertoire caché de la clé.

Le logiciel espion était aussi en train de tenter de se connecter à toutes les machines du réseau de l'agence. Si le niveau de sécurité était insuffisant, il aurait ainsi accès à une bonne partie des données de l'entreprise. Et, d'expérience, il savait que les réseaux des entreprises étaient souvent mal protégés.

Ils discutèrent quelques minutes. Jérôme laissa un faux chèque en guise d'acompte et récupéra sa clé USB.

Puis le directeur le raccompagna jusqu'à la sortie. Plus qu'à rentrer chez lui. Une fois arrivé, il rappellerait le directeur, lui dirait qu'il avait enfin retrouvé sa sœur, fausse alerte, plus la peine de chercher, et l'histoire se terminerait là.

En longeant à nouveau le couloir de l'Agence, ils passèrent une fois encore devant toutes les portes des bureaux.

Mais cette fois, l'une d'elles était entrouverte.

À peine. Juste assez pour permettre à la personne située à l'intérieur de voir sans être vue.

Il n'en avait pas la certitude évidemment, mais il était presque certain que c'était Laura. Un autre détective un peu trop curieux aurait simplement ouvert la porte et se serait dirigé vers les toilettes pour observer le visiteur et écouter quelques mots. Qui d'autre que Laura avait intérêt à observer la personne qui accompagnait le directeur sans être vu ?

Pourvu qu'il n'ait pas fait d'erreur en venant ici.

❧

Le problème avec les murs insonorisés de l'Agence, c'était qu'on ne pouvait pas entendre ce qui se disait dans le couloir. Et d'ailleurs, c'était le but. Sauf que Laura avait bien envie de savoir ce que Jérôme faisait là. Elle avait donc légèrement entrouvert sa porte et entendu le boss dire :

— Nous vous recontacterons dès que nous aurons du nouveau, monsieur Dubreuil, soyez-en certain. Je vais demander à un de mes hommes de se consacrer à ce dossier sur-le-champ.

Monsieur Dubreuil ? Qu'est-ce que c'était que cette histoire ? Que faisait Jérôme ici, et pourquoi utilisait-il un faux nom ? Et pas la peine d'espérer tirer les vers du nez du boss. S'il ne lui confiait pas l'affaire à elle, jamais il ne lui lâcherait le moindre mot à son sujet.

En tout cas, une chose commençait à être clair dans l'esprit de Laura.

Jamais il n'avait eu l'intention de l'inviter au restaurant. Enfin, pas dans sont intérêt à elle en tout cas. Son intention, dès le départ, c'était de l'utiliser. De se servir d'elle pour infiltrer l'Agence, en quelque sorte. Pour une raison qui lui échappait encore.

Et manifestement, il avait trouvé une autre manière de parvenir à ses fins. Une manière qui ne nécessitait pas de l'utiliser, elle. Quel enfoiré !

Elle ne pouvait pas en rester là. Il fallait qu'elle sache ce qu'il manigançait. Elle aurait pu en parler au boss, mais elle savait que ça se retournerait contre elle. Il allait lui reprocher, à juste titre, d'écouter aux portes, de se mêler de ce qui ne la regardait pas, et lui dirait qu'elle ferait mieux de s'occuper de ses propres dossiers plutôt que de ceux des autres. Très peu pour elle, merci bien.

Non, il fallait qu'elle sache à qui il allait confier l'affaire.

Laura sortit de son bureau et se dirigea vers la salle de pause, comme si de rien n'était. Elle vit le boss entrer dans le bureau de Charbonnel, le petit jeunot qui venait d'arriver pour remplacer Morin. Très bien.

Une fois arrivée dans la salle de pause, elle se servit un verre d'eau, prit son temps puis, après avoir attendu une dizaine de minutes, alla frapper à la porte de Charbonnel.

Une voix timide l'invita à entrer.

Le bureau du nouveau détective était identique au sien, à ceci près que tout était impeccablement rangé. Il n'avait pas encore eu le temps d'étaler des documents partout, et le boss avait manifestement déjà ôté les effets personnels de Morin.

La main gauche toujours sur le clavier de son ordinateur, Charbonnel rajusta ses lunettes de sa main droite et demanda :

— Oh, euh... Laura ! Vous allez bien ?

Elle lui fit un grand sourire et dit :

— Écoute, on peut peut-être se tutoyer, non ? Ici, à part monsieur le directeur, on a tendance à se tutoyer en général.

— Euh, oui... Si tu veux.

— Alors, comment ça se passe cette première journée ? Qu'est-ce que ça fait de rejoindre la maison ?

— Ben... Je pensais avoir le temps de m'acclimater et tout, mais là monsieur le directeur vient de me confier un dossier.

— Oui, j'ai entendu ça. À peine arrivé, et hop ! Directement dans le grand bain ! C'est toi qui travailles sur le dossier Dubreuil, c'est ça ?

Elle avançait en terrain miné, elle le savait. Si le boss apprenait qu'elle était en train de parler d'un dossier sur lequel elle ne travaillait pas, il lui ferait passer un sale quart d'heure. Charbonnel sembla hésiter quelques secondes, puis dit, avec une pointe de fierté dans la voix :

— Oui, c'est moi.

— Drôle d'histoire quand même, non ?

— Oui, j'espère que je vais m'en sortir. Parce que là, j'ai une sacrée pression sur les épaules, franchement. C'est un gros dossier pour un débutant comme moi...

Flute. Elle n'avait pu obtenir aucune info supplémentaire. Et elle ne pouvait pas non plus être trop insistante vis-à-vis de Charbonnel. Pas tout de suite. Il se douterait de quelque chose, sinon.

— Écoute, si tu as besoin de conseils, n'hésite pas à passer me voir. Sur la façon de procéder, je veux dire. Mais parles-en au directeur avant. Il aime bien savoir ce genre de choses.

— D'accord, c'est gentil.

— Bon, je te laisse travailler alors. À tout à l'heure !

Elle se dirigea vers la sortie et ajouta :

— Oh, à ce propos. Quand tu verras le directeur, évite de lui dire que je t'ai parlé de l'affaire. Il aime bien être mis au courant quand deux de ses agents discutent du même dossier. Il est un peu vieux jeu, tu sais. Dis-lui juste que je t'ai proposé de t'aider, sans lui dire qu'on a causé de l'affaire.

— C'est noté !

Elle retourna dans son bureau et se remit sur le dossier sur lequel elle était censée travailler. Le dossier Brichaut. Une histoire ennuyante et sans grand intérêt. Ça allait être difficile de réussir à se concentrer.

Parce que tout ce qu'elle souhaitait, c'était que Charbonnel vienne lui demander de l'aide, le plus vite possible.

La lumière du soleil baignait le bureau de Jérôme quand il s'installa dans son confortable fauteuil. Le cuir crissa doucement tandis qu'il s'y installait.

Il brancha la clé USB et ouvrit le dossier caché qui, l'espérait-il, contenait les fichiers de l'Agence.

Il ne put s'empêcher de sourire. La clé était pleine.

Près d'un téraoctet de données, fichiers et e-mails volés sur différents ordinateurs de l'entreprise. Un de ces jours, il faudrait qu'il revienne les voir, en tant que Jérôme Leblanc cette fois-ci, et leur propose ses services de consultant en sécurité informatique.

Mais ce n'était pas ce qui l'intéressait pour le moment. Il fouilla au milieu des fichiers, et trouva un document intitulé « utilisation véhicules ». Il l'ouvrit.

C'était un document Excel indiquant qui avait emprunté quel véhicule, à quelle date.

Exactement ce qu'il cherchait.

L'Agence disposait d'une flotte d'une demie-douzaine de véhicules, à première vue. Jérôme tapa la date où l'une de leurs voitures avait été utilisée pour surveiller le domicile du préfet.

Et il trouva, à cette ligne, l'immatriculation du véhicule qui avait été repéré sur les images de vidéosurveillance. Un modèle de la marque Citroën, sobre, couleur noire. Idéal pour se fondre dans la masse. Le véhicule avait été utilisé par un certain Bruno Morin. Il l'avait emprunté dans la matinée, et l'avait rapporté le lendemain matin. Le véhicule n'avait plus été utilisé depuis lors.

Afin de trouver sur quoi travaillait ce fameux Bruno Morin, il tapa son nom dans l'invite de commande de son ordinateur. Une recherche exhaustive, sur tout le contenu de la clé USB.

Plusieurs e-mails apparurent. Certains envoyés par Morin lui-même, certains envoyés à l'agent, d'autres qui évoquaient simplement son nom. Jérôme les éplucha, l'un après l'autre, pendant plus d'une heure. En vain. Rien d'intéressant au sujet du fameux Morin. Des conversations sur divers dossiers, mais rien qui parle de près ou de loin du préfet ou d'une éventuelle mission le concernant.

Mais quelque chose intriguait Jérôme. Aucun mail ne datait de moins de dix jours, soit depuis qu'il avait utilisé le fameux véhicule. Morin n'avait envoyé aucun mail, pendant tout ce temps. Ce n'était pas normal.

Jérôme réfléchit quelques secondes, puis lança une autre recherche sur la masse de données qu'il avait collectées.

Après une minute, la recherche s'avéra fructueuse.

Dans la boîte mail du directeur, il trouva une conversation cryptée. Un échange, récent puisque le fichier datait de dix jours, et la dernière modification datait de la veille. Le directeur de l'Agence n'avait pas pris la peine de chiffrer le contenu de sa boîte mail, sauf cette conversation récente. Pourquoi celle-ci en particulier ?

L'explication du mystère se trouvait dans cette conversation, Jérôme en était convaincu. La coïncidence était trop importante. Il ne restait plus qu'à réussir à déchiffrer le message.

Le fichier avait été crypté en utilisant un algorithme puissant. Il y a quelques semaines encore, tenter de déchiffrer un tel message aurait relevé de l'exploit. Des centaines de millions d'heures de calcul.

Mais, tout récemment, une vulnérabilité avait été découverte dans cet algorithme par des spécialistes. Une faille dans la manière dont la clé publique était calculée.

Cela voulait dire que, d'ici quelques heures, trois tout au plus, Jérôme aurait accès au contenu en clair de cette série de messages.

L'APRÈS-MIDI TOUCHAIT à sa fin. Il était dix-neuf heures, et le soleil déclinait à l'horizon. Laura se leva pour allumer les néons au-dessus de sa tête.

Elle avait passé l'après-midi sur le dossier Brichaut. Le

boss était repassé quelques heures plus tôt et lui avait rappelé qu'elle devait lui rendre son rapport dès le lendemain matin. Elle le savait, cela voulait dire qu'elle allait devoir travailler chez elle toute la soirée. Elle aurait pu passer encore quelques heures dans les locaux de l'Agence, mais à cette heure-ci, elle était sans doute seule dans les locaux, tout le monde était probablement déjà parti, et l'idée de passer le début de la soirée toute seule à l'étage, dans ce bureau austère, la déprimait profondément.

Elle enregistra son travail sur son disque dur externe, le rangea dans son sac à main, prit son manteau et quitta son bureau.

Alors qu'elle était dans le couloir, en train de verrouiller sa porte, elle vit qu'une des autres portes était encore entrouverte. C'était celle du bureau de Charbonnel. Allons bon, le petit nouveau faisait déjà des heures sup' ? Il fallait qu'il se méfie, s'il se laissait déjà marcher sur les pieds dès son premier jour, qu'est-ce que ce serait dans les semaines à venir ? Enfin, elle était mal placée pour juger, elle qui enchaînait les soirées à travailler à la maison.

Elle décida d'aller lui souhaiter une bonne soirée avant de partir, espérant qu'elle pourrait enfin obtenir une information sur ce que Jérôme était en train de manigancer.

Mais, alors qu'elle n'était plus qu'à un mètre de la porte, elle entendit une voix à l'intérieur.

Le boss était là. Ils étaient certainement en train de discuter de l'affaire. C'était l'occasion rêvée d'en savoir plus.

Elle s'approcha à pas de loups, et tendit l'oreille.

Mais les deux hommes n'était pas en train de parler de Jérôme, ou quel que soit le faux nom qu'il s'était donné. Ils étaient en train de parler de tout autre chose.

Quelque chose se tramait.

Quelque chose de pas normal.

LA NUIT ÉTAIT TOMBÉE sur la ville désormais. Le bureau de Jérôme n'était plus éclairé que par la lumière orangée des lampadaires dans la rue, et par l'éclairage puissant de l'écran de son ordinateur. Il n'avait pas pris la peine d'allumer sa lampe de bureau. Pas le temps. Il avait passé les dernières heures à fouiner dans les autres fichiers de l'Agence, en vain. Et le processus de décryptage venait tout juste de se terminer.

Il ouvrit le fichier qui venait d'être créé, et fronça les sourcils.

C'était une suite de messages provenant d'une discussion entre le directeur de l'Agence et un certain Antoine Charbonnel. Le premier message venait du directeur :

« Je crois que Morin se doute de quelque chose. Il a emprunté un véhicule hier soir. Il faut toujours qu'il se mêle de ce qui ne le regarde pas ! »

Charbonnel avait répondu :

« Il va falloir se débarrasser de lui rapidement. Je m'en occupe. »

« Il va aussi falloir faire le ménage dans son ordinateur. Je ne sais pas ce qu'il a trouvé. J'espère qu'il n'a pas eu le temps de prévenir le préfet. Je ne peux pas fouiner dedans. Je n'ai pas le mot de passe. Et puis il n'a pas pu laisser tout cela en clair sur sa machine. Il a sûrement crypté les fichiers les plus compromettants. Je ne sais pas faire, je n'y connais rien. Et si je demande à notre service informatique, ils vont se demander ce que je fiche. »

« Je peux m'en occuper aussi. Laissez-moi venir dans vos locaux. Vous n'aurez qu'à dire que je remplace Morin, vu qu'il va bientôt disparaître. Cela expliquera que je passe du temps sur son ordinateur. »

C'était on ne peut plus limpide.

Jérôme avait fait sa part du travail. Il n'y avait plus de temps à perdre maintenant. Plus qu'à prévenir Berthier, le type de la DGSI, et à lui dire de se débrouiller.

Il composa son numéro. Quatre sonneries. À la cinquième, une voix de femme répondit :

— Oui ?

— Je voudrais parler à Simon Berthier s'il vous plait.

Elle sembla pianoter sur un clavier et dit :

— Monsieur Berthier est en réunion actuellement.

— C'est très urgent.

— Comment vous appelez-vous ?

— Jérôme Leblanc.

Elle tapa à nouveau sur son clavier.

— Monsieur Berthier vous rappellera dès qu'il sortira de réunion.

Jérôme s'impatienta :

— Bon sang, vous ne comprenez pas ? C'est très urgent, il faut que je lui parle immédiatement.

— Il vous recontactera très rapidement.

Il réfléchit, tenta de se rappeler le nom du colosse qui avait accompagné Berthier la veille au soir et dit :

— Pourriez-vous me passer son collègue alors ? Un certain... Thibault.

— Vous n'avez pas son nom de famille ? Sans son nom, je ne vais rien pouvoir faire, monsieur Leblanc. Je suis désolée. Mais je vais transmettre votre message à monsieur Berthier. Je vais demander à ce qu'il vous recontacte dès que possible.

Puis elle raccrocha.

Jérôme énuméra dans sa tête ses autres options. Prévenir la police ? Le temps d'expliquer la situation, de leur faire comprendre que ce n'était pas une plaisanterie, que la sécurité du préfet était en jeu, et d'avoir quelqu'un de compétent, la réunion de Berthier serait sans doute déjà terminée.

Il allait falloir qu'il prenne son mal en patience.

C'est alors que son téléphone se mit à sonner.

Un numéro privé.

❧

Laura était à quelques centimètres seulement de la porte du bureau de Charbonnel. Maintenant qu'elle l'entendait parler, maintenant qu'elle comprenait la teneur de son échange avec le boss, elle ne trouvait plus du tout qu'il ressemblait à un enfant de chœur, en fin de compte.

D'après ce qu'elle avait pu comprendre, Charbonnel avait abattu Morin, le détective qui avait disparu, et le boss et lui parlaient d'une mission qui aurait lieu dans les jours à venir. Et qui concernait une visite du ministre de l'Intérieur à la préfecture.

Laura avait la gorge sèche. Elle sentait son cœur battre à toute allure dans sa poitrine. C'était à peine si elle osait respirer.

Il aurait fallu qu'elle sorte de là, qu'elle prévienne la police de toute urgence.

Mais elle n'osait pas bouger. Elle se sentait comme un lapin dans les phares.

Elle entendit la voix de Charbonnel dire au boss :

— Vous avez bien travaillé, en tout cas. Nous sommes fier de vous. Dommage que ce Morin se soit mêlé de ce qui ne le regardait pas. Vous devriez mieux sélectionner vos agents.

— Oui, monsieur.

Charbonnel poursuivit :

— Quoi qu'il en soit, le deuxième tiers de la somme vient de vous être versé, comme convenu. Vous recevrez le reste dès que nous nous serons débarrassés du préfet et du ministre. Et après, vous n'entendrez plus parler de nous.

— Bien, monsieur.

Et elle entendit des pas dans le bureau. Des pas qui se rapprochaient. Comme si le boss était sur le point de quitter le bureau.

Plus le temps de rester plantée là. Il fallait qu'elle parte.

Elle commença à s'éloigner, tentant de faire le moins de bruit possible.

Elle n'avait pas fait deux mètres qu'elle entendit le boss crier :

— Hé !

Elle se mit à courir jusqu'à l'ascenseur. Le boss cria :

— Monsieur Charbonnel ! Quelqu'un était là ! C'était Chapuis je crois, la détective qui travaille ici !

Elle appela l'ascenseur. Évidemment, il était encore au rez-de-chaussée. Et le temps qu'il monte...

Elle se précipita vers la cage d'escalier. À peine avait-elle ouvert la porte qu'elle entendit Charbonnel dire, d'une voix pleine de rage :

— Arrête-toi !

Elle courut dans l'escalier.

Elle n'avait pas encore atteint le palier du premier étage qu'elle vit un type face à elle. Vêtu tout de noir, cagoule sur le visage, revolver au poing. Il hurla :

— Bouge pas !

Laura se figea, les mains en l'air. Dans sa poitrine, son cœur était devenu incontrôlable.

Derrière elle, elle entendit les pas de Charbonnel qui descendait l'escalier.

Elle ferma les yeux.

Entendit des cris.

Puis un coup de feu. Un seul.

Quand elle rouvrit les yeux, elle vit que trois autres hommes encagoulés lui faisaient face. L'un d'entre eux lui dit :

— Police, suivez-nous madame. Vous êtes hors de danger maintenant, ne vous inquiétez pas.

Elle se tourna et vit, derrière elle, le corps de Charbonnel au milieu des marches, les yeux exorbités.

Puis le boss fit son apparition en haut de l'escalier, les mains en l'air, la mine défaite, tenu en joue par un autre policier encagoulé.

Une semaine s'était écoulée.

Il était dix-huit heures quarante-cinq quand Jérôme arriva au restaurant des Trois Tigres. Cela faisait bien longtemps qu'il n'était pas venu ici. La dernière fois, c'était avec son ex-épouse, Isabelle. Le climat était déjà tendu entre eux deux à l'époque, la fin de leur idylle était proche et, s'il avait apprécié la cuisine de l'endroit, il n'avait pas gardé un excellent souvenir de la soirée. Mais il espérait que, ce soir, ce serait différent.

En tout cas les lieux n'avaient pas changé. Toujours ces mêmes tables, impeccablement dressées, recouvertes de ces luxueuses nappes d'un blanc étincelant. Toujours cette immense cheminée, au fond, qui donnait une atmosphère tellement chaleureuse à l'endroit. Toujours ces notes de violon, discrètes, venues de hauts-parleurs cachés quelque part, et qui participaient à rendre l'atmosphère si élégante et si paisible en même temps.

Un serveur en smoking le dirigea jusqu'à la table qu'il avait réservée, pour lui et pour Laura. Elle avait accepté sa nouvelle invitation, sans hésiter cette fois. Jérôme avait promis que, quoi qu'il arrive, il tiendrait ses engagements cette fois-là. Même si la sécurité du président lui-même était en jeu, il s'en moquerait éperdument. Et, pour être sûr de tenir parole, il s'était même arrangé pour arriver quinze minutes en avance.

Laura arriva, elle, pile à l'heure. Elle portait une robe magnifique, et s'était maquillée, subtilement, sans en faire trop.

Elle s'installa face à lui en lui faisant un grand sourire, auquel il répondit en disant :

— Merci d'être venue, Laura.

— Tout le plaisir est pour moi. Merci de ne pas m'avoir posé un nouveau lapin, le taquina-t-elle.

Le serveur revint vers eux et leur apporta le menu. Il donna à Laura une carte où les prix n'étaient pas indiqués. Jérôme trouvait cela un peu vieux jeu, mais son invitée ne sembla pas s'en formaliser.

— Eh bien merci de m'inviter ici, dit-elle. C'est magnifique, j'aime beaucoup.

— Et crois-moi, on va se régaler. Alors, comment se sont passés ces derniers jours pour toi ?

— Plutôt bien, vu les circonstances. En tout cas je te remercie, sans toi je crois que ça se serait mal terminé pour moi.

Le soir où les événements s'étaient produits, Berthier, l'homme de la DGSI, avait interrompu sa réunion pour rappeler Jérôme. Ce dernier lui avait expliqué la situation, et Berthier avait envoyé des policiers sur place, pour arrêter Charbonnel et le directeur de l'Agence. Ils étaient arrivés juste à temps pour mettre le faux détective hors d'état de nuire. Quelques secondes de plus et Charbonnel aurait eu le temps d'abattre Laura.

Il dit à la jeune femme :

— La première fois qu'on s'est rencontré, tous les deux, c'est toi qui m'a sauvé la vie. Comme ça, l'équilibre est rétabli.

— C'est vrai. On est quitte maintenant, dit-elle avec un

sourire. Mais alors, j'ai pas tout compris à cette histoire. Mon boss voulait abattre le préfet et le ministre, c'est ça ?

— Tu sais, on ne m'a pas donné tous les détails non plus. C'est une affaire sensible comme tu peux t'en douter. Mais, d'après ce que j'ai compris, Charbonnel bossait pour des gens qui avaient prévu d'abattre le ministre, oui. Ils savaient que ce dernier allait se rendre à la préfecture, et ils ont embauché ton directeur pour qu'il étudie un peu la sécurité des lieux. Il avait besoin d'argent, apparemment, et puis je me demande s'il n'avait pas une vieille dette à régler auprès d'eux.

— C'est fou, jamais je n'aurais imaginé ça de lui. Il a l'air tellement... Austère. Et Morel, le détective qui a disparu il y a quelques semaines, c'était quoi son rôle dans l'histoire ?

— Lui, malheureusement, il est allé mettre son nez dans une affaire dont il aurait dû rester éloigné. Il a compris que quelque chose se tramait, et plutôt que de prévenir tout de suite la police, il a préféré surveiller ton directeur.

— L'espion qui se fait lui-même espionner.

— Voilà. Charbonnel lui a donc réglé son compte, et a pris sa place à l'Agence pour nettoyer d'éventuelles traces qu'il aurait pu laisser sur son ordinateur.

Laura tourna la tête à droite et à gauche, pour vérifier que personne ne l'écoutait, se pencha vers Jérôme, et demanda à voix basse :

— Mais c'est quoi en fait ton boulot ? T'es, genre, agent secret, c'est ça ?

— Non, dit-il en murmurant lui aussi. Mais ce serait un peu long à t'expliquer. Et pas ici, en tout cas.

Puis il se redressa et dit à un volume normal :

— D'ailleurs, j'imagine que tu es à la recherche d'un nouvel emploi, non ? La dernière fois, je t'avais dit que je souhaitais t'embaucher. Te proposer un partenariat. Ça tient toujours, évidemment. Tu es intéressée ?

— Carrément, dit-elle en fronçant les sourcils, mais tu m'intrigues. Ça consisterait en quoi exactement ?

Le serveur revint et leur servit deux coupes de champagne, ainsi que des amuse-bouches. Jérôme leva son verre et dit :

— On causera boulot une autre fois, qu'est-ce que tu en penses ? Je propose qu'on laisse tout ça de côté pour le moment. Et si tu me parlais un peu plus de toi, Laura ?

Ils trinquèrent, et passèrent le reste du repas à apprendre à se connaître, tous les deux. Sans plus aborder l'affaire. Sans plus parler de leurs métiers respectifs.

Quand ils quittèrent le restaurant, quelques heures plus tard, bras dessus, bras dessous, ils le savaient tous les deux, la soirée ne faisait que commencer.

L'ÉLÉPHANT EN PORCELAINE

Quand Laura Chapuis rentra dans son petit appartement, ce matin-là à l'aube, les cheveux en bataille, des cernes sous les yeux, mais le sourire aux lèvres, son chat lui passa un savon.

Elle venait de passer une nuit exquise chez Jérôme Leblanc, l'homme qu'elle avait rencontré à l'époque où elle travaillait pour une agence de détectives privés. Ce temps-là était révolu désormais, son ancien boss était en prison depuis qu'il avait été mêlé à un projet d'attentat visant le préfet et le ministre de l'Intérieur, et Laura, après avoir frôlé la mort dans cette affaire, se retrouvait sans emploi. Et donc, sans revenu. Ce qui allait poser un problème au moment de payer le loyer.

Mais chaque chose en son temps.

Le plus urgent, c'était de nourrir Patachon, qui semblait outré d'avoir été abandonné pendant toute une soirée. Le chat se mit à miauler comme un damné, tout en se frottant aux jambes de sa propriétaire.

— Oui, deux secondes, tu vas me faire tomber, idiot !

Il était encore très tôt, à peine sept heures, il faisait

encore frais dans la pièce et la lumière du soleil perçait à peine entre les interstices des volets.

Laura avait quitté l'appartement de Jérôme une heure plus tôt, à pas de loup, alors que ce dernier dormait encore. Pourtant plus rien ne la forçait à se lever aux aurores maintenant qu'elle était sans emploi. Mais elle avait pris le rythme, c'était comme ça. Et puis, l'estomac de Patachon était réglé comme une horloge, lui aussi.

Elle ouvrit un sachet de pâtée, grimaça en sentant l'odeur écœurante, tandis que son chat, lui, se mit à ronronner frénétiquement.

Elle avait à peine fini de vider le sachet que la sonnette de la porte d'entrée retentit.

Elle fronça les sourcils. Qui cela pouvait-il bien être à une heure si matinale ? Pas quelqu'un qui venait de l'extérieur en tout cas. Ce n'était pas la sonnerie de l'interphone qui venait de retentir, mais bien celle de la sonnette de sa porte. Quelqu'un qui était sur son palier donc.

Un voisin ? Mais qui, et pourquoi ? C'était à peine si elle connaissait les autres habitants du vieil immeuble. Cela ne faisait que quelques mois que Laura était arrivée dans la région, et elle n'avait pas pris le temps de faire connaissance.

Elle hésita. Et si c'était un piège ? Elle était devenue parano avec ce qui lui était arrivé récemment. Elle avait plus ou moins aidé à déjouer un attentat quelques jours auparavant, et elle ne savait pas si tous les coupables étaient déjà derrière les barreaux à l'heure qu'il était. Et si c'était quelqu'un qui venait se venger ?

On sonna à nouveau, cette fois en laissant le doigt appuyé plus longtemps, comme si la personne de l'autre côté voulait bien lui faire comprendre qu'elle ne lâcherait pas l'affaire aussi facilement.

Laura s'approcha et se colla contre la paroi pour ne pas faire face à la porte, comme elle avait souvent vu faire dans les films. Si la personne de l'autre côté avait une arme et tirait à travers la porte, au moins, Laura serait à l'abri.

Elle demanda d'une voix forte :

— Oui ?

— Ouvrez mademoiselle Chapuis, c'est mademoiselle Mulliez !

Laura soupira. Mademoiselle Mulliez, la gardienne de la résidence, un petit bout de femme énergique, qui devait avoir la soixantaine et qui tenait absolument à ce qu'on l'appelle « mademoiselle ».

Elle ouvrit la porte et vit la concierge, ses lunettes aux verres épais sur le nez, qui tenait un paquet de la taille d'un gros livre, couvert de papier kraft. La gardienne dit :

— Un livreur est venu poser ça dans votre boîte à lettres, à l'instant. Moi comme je viens de vous voir arriver je me suis dit « je vais le prendre et le lui monter maintenant », d'ailleurs ça m'a bien surprise de vous voir arriver comme ça de bon matin, je me suis dit « tiens, elle a découché mademoiselle Chapuis, » d'ailleurs, la nuit a dû être courte, vous avez l'air bien fatiguée ce matin.

Laura ne répondit rien d'autre qu'un simple « merci » et prit le paquet que mademoiselle Mulliez lui tendait. Il était tellement léger que, l'espace d'une seconde, elle se demanda s'il était vide. Sur le papier kraft, il y avait juste une étiquette, collée, avec le nom et l'adresse de la jeune femme, écrits à la main. Pas de nom d'expéditeur. Rien. Elle demanda :

— Il ressemblait à quoi ce livreur ?

— Oh, je l'ai pas bien vu, il est parti aussi vite qu'il est arrivé, sinon je lui aurait pris directement le paquet. Mais il avait quoi, la trentaine, un peu comme vous quoi. Et il avait l'air un peu... il m'a paru légèrement efféminé quoi, vous voyez le genre, je veux dire il portait un pantalon moulant, très près du corps, et puis aussi un foulard rouge autour du cou, vous voyez, le genre de choses qu'on verrait plutôt chez les femmes normalement. Enfin, de mon temps en tout cas c'était comme ça. De nos jours, on sait plus trop !

Laura ne put s'empêcher de sourire en entendant la description de l'expéditeur. En tout cas, ça ne l'avançait pas à grand-chose. Mademoiselle Mulliez commença à s'éloigner en disant :

— Bon, eh bien, je vous laisse hein, et puis bonne journée surtout !

Laura alla poser le paquet sur la table basse et le regarda, perplexe.

Et si c'était un colis piégé ? Non, vu comme la gardienne l'avait secoué avant de le lui donner, il aurait sans doute déjà eu mille fois le temps d'exploser. Elle hésita à approcher l'oreille, se disant qu'elle entendrait peut-être le tic-tac d'un minuteur, avant de se trouver à nouveau ridicule, à se croire dans un film.

Et puis c'était tellement léger... Une bombe à retardement, ça doit peser son poids, non ? Mais, finalement, elle approcha quand même son oreille. Après tout, sait-on jamais.

Aucun bruit suspect.

Elle déchira l'emballage en papier kraft. L'enveloppe recouvrait une boîte en carton blanc. Elle hésita une dernière fois, puis ouvrit le carton.

Il était plein de papier-bulle, celui qu'on utilise pour protéger les objets fragiles. Elle déroula le papier-bulle. Et trouva à l'intérieur un petit éléphant en porcelaine blanche grossière. Elle fut étonnée du poids de l'objet. Il paraissait plutôt lourd pour sa petite taille.

Elle fouilla à nouveau le papier-bulle, puis le carton, mais ne trouva rien d'autre. Aucune note d'explication. Ni rien d'approchant.

Juste cet éléphant en porcelaine.

Qui avait bien pu lui offrir un truc pareil ? Sa mère ? Pauline, sa meilleure amie ? Un ex désespéré, oublié depuis longtemps, mais qui espérait la reconquérir en lui offrant un bibelot de ce genre ? Jérôme, qui avait décidé de lui offrir un cadeau pour la remercier de leur folle nuit d'amour ?

Non, c'était ridicule. Elle éluciderait ce mystère plus tard. Pour l'instant, elle avait besoin d'une bonne douche, et d'un bon thé bien chaud.

Les yeux toujours à moitié collés par le sommeil, Jérôme bougonna en mettant la machine à café en route. Le moteur de l'appareil s'activa et les grains furent rapidement moulus, diffusant une odeur intense à travers la petite cuisine. Il était mal réveillé, et n'avait pas encore trouvé le temps ni de se raser, ni de se laver, ni de prendre son café. Mais dans quelques minutes, ça irait mieux, sans aucun doute.

Quand il s'était réveillé, quelques instants plus tôt, il était seul au milieu des draps tièdes. Depuis combien de temps Laura était-elle partie ? Il l'ignorait. Elle était encore là quand il s'était endormi pour la dernière fois, sur les coups de quatre heures, mais elle était déjà partie quand il avait ouvert les yeux et que les chiffres rouges de son radio-réveil indiquaient qu'il était neuf heures trente. Elle avait pris toutes ses affaires, donc elle n'avait manifestement pas prévu de revenir.

Jérôme ne savait pas comment interpréter son départ. Est-ce que cela voulait dire qu'il ne la reverrait plus, ou pas en tant qu'amante en tout cas ? Est-ce qu'elle ne le voyait que comme un simple coup d'un soir ? Est-ce qu'elle regrettait de s'être jetée aussi rapidement dans ses bras ? Est-ce qu'ils étaient allés trop vite tous les deux ?

Il regarda son téléphone, pour la énième fois depuis

qu'il était levé. Aucun message ni appel en absence. Il hésita à lui envoyer un petit mot, puis se ravisa. Si elle voulait prendre un peu de distance, autant ne pas la brusquer.

Il essaya de penser à autre chose. Mais à quoi ? Impossible de se réfugier dans le boulot pour le moment. Il était consultant indépendant, spécialisé dans la sécurité informatique et la lutte contre la cybercriminalité.

Il travaillait seul, sa dernière mission s'était terminée depuis un peu plus d'une semaine, et la prochaine ne débuterait pas avant trois bonnes semaines. Et à ce moment-là, il aurait besoin des services d'une détective privée. C'était pourquoi il avait fait appel à Laura, à la base.

Laura.

Il en revenait toujours là.

Pour tenter de se changer les idées, il décida d'aller prendre une bonne douche bien brûlante. Puis il irait faire un tour sur l'ordinateur, pour tenter de se tenir au courant de l'actualité en matière de cybersécurité. Une nouvelle faille de sécurité venait d'être découverte sur la dernière version du noyau Linux, et elle compromettait tout un tas de routeurs. Un correctif devait être publié rapidement, peut-être même que c'était déjà fait. Oui, voilà, il allait se focaliser sur les correctifs de sécurité, pour tenter de ne plus penser à Laura, tant qu'elle ne donnerait plus signe de vie.

Il avala d'une traite son café, grimaça tant le breuvage était encore chaud, et prit la direction de la salle de bains. Il laissa l'eau chaude couler sur sa peau pendant de longues minutes, espérant que cela lui permettrait d'avoir les idées au clair.

Quand il quitta la salle de bains embuée quelques minutes plus tard, il vit qu'il avait reçu un message de Laura :

« Coucou, excuse-moi d'être partie comme une voleuse tout à l'heure, j'avais pas envie de te réveiller, tu dormais tellement bien ;) J'avais des choses à faire chez moi, ça te dit de passer ce soir ? Aujourd'hui c'est moi qui régale ! »

Il ne put s'empêcher de sourire. La journée s'annonçait bien, après tout. Et les correctifs de sécurité pourraient attendre.

❧

Laura venait de nettoyer son appartement de fond en comble. Elle voulait qu'il soit impeccable pour ce soir. Jérôme allait arriver dans moins d'une heure, et il était hors de question qu'il trouve un logement en désordre.

Elle alluma les guirlandes qu'elle avait installées un peu partout dans son deux-pièces, pour égayer les lieux et leur donner une atmosphère cosy. Elle alluma ensuite quelques bougies parfumées. Senteur fruits rouges. Ses préférées. Elle mit en marche sa chaîne stéréo, et lança un vieux vinyle qu'elle avait acheté sur un vide-grenier dans la semaine. Un jazz tranquille des années cinquante.

Elle avait enlevé les vêtements qui traînaient ici ou là, avait replacé les livres dans la bibliothèque du couloir, et avait fait la poussière au milieu des bibelots qui décoraient son appartement.

Elle avait placé le petit éléphant en porcelaine sur le meuble télé. Elle se demandait encore qui lui avait offert ce drôle de machin. En tout cas, il s'accordait plutôt bien avec le reste de sa déco.

En regardant tout autour d'elle, pendant que la voix entêtante de Chet Baker se faisait entendre dans tout l'appartement, tandis que le chat dormait paisiblement sur le vieux canapé, elle ne put s'empêcher d'éprouver de la satisfaction. Elle était tellement bien ici. Il s'en dégageait une âme, une atmosphère qui lui correspondait totalement. D'ailleurs, peut-être qu'un de ces jours, si les choses devenaient sérieuses entre eux, il faudrait qu'elle s'occupe de mettre de la vie dans l'appartement sans âme de Jérôme. Un vrai appartement de mec.

Elle se dirigea vers la kitchenette. Ce soir, c'était elle qui préparait le dîner. Mais il ne fallait pas qu'il s'attende au repas luxueux qu'ils avaient partagé la veille au resto. Non. Ce soir, ce serait lasagnes épinards-saumon. C'était déjà pas mal. Laura n'était pas un cordon-bleu, loin s'en fallait.

Alors qu'elle venait d'enfourner le poisson, elle entendit un bruit de verre brisé dans la grande pièce. Elle s'y précipita en criant :

— Patachon ! Qu'est-ce que tu as encore fichu ?

Au sol, elle vit des éclats de porcelaine blanche juste à côté du canapé.

— Mon éléphant ! Tu l'as cassé...

Elle commença à ramasser les morceaux en disant :

— Je sais même pas encore qui me l'a offert qu'il est déjà en mille morceaux. T'es pire que les dix plaies d'Égypte toi !

Le chat s'éloigna, comme si de rien n'était. Laura alla chercher une pelle et une balayette dans la cuisine, et ramassa tous les morceaux qui traînaient sous le canapé. L'objet était en miettes. Pas la peine d'espérer le réparer. Pourvu que la personne qui le lui avait offert ne se vexe pas !

Elle regarda de plus près les morceaux qu'elle venait de ramasser. Il y avait plein de minuscules morceaux de verre, presque cubiques, à peine de la taille d'un ongle de petit doigt.

— Qu'est-ce que c'est que ces machins ?

Elle avait l'impression que les morceaux de verre venaient de l'intérieur de l'éléphant. Oui, c'était pour ça qu'il était si lourd, malgré sa petite taille. On avait mis du verre dedans, sans doute pour le lester.

Eh bien, ça n'avait pas suffi. Pas pour résister à Patachon la tornade. Elle jeta les éclats de porcelaine et les petits morceaux de verre à la poubelle et sentit soudainement une odeur de brûlé.

— Oh non, c'est pas vrai !

Elle se précipita pour ouvrir le four. Une fumée noire et âcre s'en échappa. Le saumon était loin d'avoir la teinte rose-orangée qu'il était censée avoir.

Elle n'eut même pas le temps de tenter de réparer les dégâts que, déjà, Jérôme sonnait à la porte.

QUAND JÉRÔME ARRIVA CHEZ LAURA, c'est une jeune femme aussi ravissante que stressée qui lui ouvrit la porte. Il comprit tout de suite ce qui s'était passé, en sentant la forte odeur de brûlé qui émanait d'une pièce toute proche. Elle dit sur un ton désespéré :

— Oh, je suis désolée, j'avais préparé des lasagnes au saumon et aux épinards mais j'ai tout fait foirer !

Il lui sourit et dit :

— T'inquiète, je suis sûr que ça sera super bon quand même. Tiens, dit-il en sortant une bouteille de champagne de derrière son dos, j'ai ramené ça pour ce soir. Il faudrait la mettre au frigo.

Laura prit la bouteille, le débarrassa de son manteau, et lui proposa de visiter son logement. C'était un petit appartement. Une pièce principale, une petite cuisine, une petite chambre et une salle de bains minuscule. Mais il était décoré avec goût. La jeune femme avait placé des guirlandes lumineuses partout, ce qui donnait une ambiance tamisée et chaleureuse. Elle avait également allumé des bougies parfumées. Il y avait des bibelots un peu partout, parfaitement rangés. Chaque chose était à sa place, et c'était comme si elle n'avait négligé aucun détail. Jérôme se dit que l'endroit n'avait rien à voir avec son propre appartement, fonctionnel, spacieux, rempli d'ordinateurs et de matériel électronique, mais en désordre permanent et décoré de façon spartiate.

Elle avait aussi un chat, qui n'avait pas quitté sa cachette dans le placard de la chambre depuis que Jérôme était arrivé. Tout ce qu'il avait pu en voir, c'étaient ses deux yeux qui brillaient comme des braises dans l'obscurité.

Ils passèrent à table. Les lasagnes étaient à peine mangeables, mais Jérôme ne fit pas la fine bouche, et dit que c'était délicieux. Laura ne semblait pas le croire mais le remercia quand même.

Ils abordèrent également le sujet du travail. Jérôme avait un client avec lequel il allait bientôt travailler. Une affaire d'espionnage industriel. Il dit :

— Sans rentrer dans les détails, il va y avoir beaucoup de travail à faire. Un peu de travail que je pourrai faire moi-même, depuis l'ordinateur. Mais il va aussi falloir mener des opérations de surveillance. Ce qui veut dire : des heures à planquer, à attendre que quelque chose se passe. Peut-être pour rien du tout. C'est quelque chose que je pourrais faire je pense, si je n'avais pas le choix, mais je préférerais faire appel à une professionnelle, si tu vois ce que je veux dire. Une détective privée expérimentée, qui a sa licence et tout.

— Euh, expérimentée c'est vite dit, hein. J'ai un mois d'expérience, à tout casser.

— Mais je suis bien placé pour savoir que tu sais très bien faire ce genre de boulot.

Peu de temps avant leur divorce, l'ex-femme de Jérôme avait envoyé Laura le surveiller. Elle le soupçonnait, à l'époque, d'avoir une maîtresse. À tort. Jérôme était en mission à l'époque, et avait tout fait pour rester discret et introuvable. Laura avait quand même réussi à retrouver sa trace et à le surveiller pendant toute une journée, sans qu'il ne se doute de quoi que ce soit.

Il reprit :

— Moi, rester planqué comme ça, j'aurais pas la patience. C'est un gros client, j'ai pas envie de tout faire foirer. Oh, au fait, je t'ai dit que tu serais très bien payée ?

— Non, combien ?

Il lui annonça le montant qu'il avait prévu de lui verser. La moitié de ce que lui toucherait, une fois les frais déduits. Laura écarquilla les yeux et dit :

— Attends, mais c'est énorme ! Tu sais combien je touchais quand j'étais salariée à l'Agence ? Même pas le quart de ça !

— C'est l'avantage quand on est indépendant, dit Jérôme un sourire aux lèvres. Alors, ça te dit ?

— Carrément, on commence quand ?

— Un peu de patience, la mission commencera dans quelques semaines. T'as hâte, on dirait ?

— Je te cache pas qu'une somme pareille ça me permettrait de mettre un peu de beurre dans les épinards, oui.

— Ça t'évitera de les faire brûler, la prochaine fois, les épinards.

Elle lui lança un regard assassin. Il éclata de rire, et elle fit une mine faussement boudeuse.

Puis ils laissèrent de côté les sujets professionnels pour aborder des sujets plus personnels. Et, quelques instants plus tard, ils se rendirent dans la chambre de Laura, où ils passèrent une nuit divine tous les deux.

Au petit matin, cette fois, ce fut Jérôme qui s'éclipsa sans bruit. Laura avait fait pareil la veille, et il ne voulait pas lui donner l'impression de précipiter les choses entre eux.

En passant dans l'entrée, il vit le sac poubelle qui attendait d'être descendu dans le local à poubelles. L'odeur des restes de poisson de la veille commençait à s'en échapper. Il pouvait bien lui rendre ce petit service. Il prit le sac avec lui. Il le déposerait dans le local une fois arrivé en bas.

La dernière chose que Jérôme vit au moment de fermer

la porte d'entrée de l'appartement, ce fut le chat de Laura qui sortait enfin de sa cachette, fièrement dressé sur ses quatre pattes, comme s'il venait de reconquérir son territoire de haute lutte.

❦

Laura était chargée de deux lourds sacs de courses quand elle revint dans son immeuble le lendemain, en fin de matinée. Vivement qu'elle arrive en haut ! Ça pesait une tonne.

Mais quand elle passa dans le hall d'entrée, la gardienne, mademoiselle Mulliez, l'interrompit :

— Ah, mademoiselle Chapuis ! J'ai trouvé votre sac à puces qui divaguait dans l'escalier tout à l'heure. Ça m'a fait une drôle de surprise de le voir débouler dans mes pattes !

— Patachon ? Mais comment...

— J'ai voulu l'attraper, mais en me voyant il s'est enfui vers chez vous. Et c'est là que j'ai vu que vous aviez laissé votre porte d'entrée entrouverte. Il est retourné à l'intérieur, alors moi j'ai fermé derrière lui. Mais j'ai pas les clés alors, évidemment, j'ai pas pu verrouiller.

— Quoi ? Mais... Je suis sûre d'avoir fermée derrière moi pourtant...

— Oh ça nous arrive à tous hein d'être étourdis de temps en temps. Mais vous devriez vous méfier, avec ce qui se passe de nos jours. Et puis moi je suis pas tout le temps là à surveiller les allées et venues dans l'immeuble, c'est que j'ai quatre bâtiments à m'occuper moi.

Tout en réfléchissant, Laura monta les marches quatre à quatre, malgré les sacs tellement lourds qu'ils lui cisaillaient les mains.

Elle était certaine d'avoir fermé la porte derrière elle. Elle verrouillait toujours à double-tour quand elle sortait.

Elle vérifiait à chaque fois, et plutôt deux fois qu'une, parano comme elle était.

Fébrile, elle ouvrit la porte. Et, comme elle s'y attendait, elle découvrit un carnage à l'intérieur.

Tous les meubles avaient été retournés. Les coussins du canapé jetés au sol.

Les plantes dans les pots, renversées. Il y avait de la terre partout.

Les livres étaient par terre.

Elle se précipita dans sa chambre. Tous les tiroirs avaient été vidés, les vêtements jetés en tas, par terre.

Elle fit le tour une nouvelle fois, cherchant ce qui avait pu être volé. Les cambrioleurs n'avaient pris ni le téléviseur, ni son ordinateur portable, et n'avaient pas touché à la chaîne non plus.

Vu qu'ils avaient tout retourné et qu'ils étaient partis sans toucher au matériel électronique, cela voulait dire qu'ils étaient à la recherche soit d'argent, soit de bijoux de valeur, soit de drogue ou de médicaments. Et, comme Laura n'avait rien de tout cela chez elle, ils étaient repartis bredouille.

Finalement, ça aurait pu être beaucoup plus grave. Ils étaient rentrés sans effraction, sans doute en crochetant la serrure, ce qui, par chance, voulait dire qu'elle ne se retrouvait pas avec une porte HS, à devoir attendre pendant des mois que l'assurance daigne la rembourser. Ils n'avaient pas touché à Patachon, qui s'était sans doute enfui en les voyant arriver.

En plus de ça, si elle était arrivée ne serait-ce qu'une demi-heure plus tôt, elle les aurait croisés la main dans le sac. Laura frémit d'horreur en y pensant. Qu'est-ce qu'ils lui auraient fait ?

Elle se préparait à tout remettre en place, quand elle se

dit qu'il valait sans doute mieux appeler la police. Elle prit son téléphone, et vit qu'elle avait un message de Jérôme :

« Hello, bien dormi ? Est-ce que ça serait possible pour toi de passer à mon bureau, à Global Consulting, histoire que l'on discute plus en détail de ta prochaine mission ? Il y a pas mal de paperasse à remplir, ça serait bien de s'occuper de ça rapidement. Bisous. »

Elle répondit simplement :

« Désolée, je viens tout juste de me faire cambrioler. Il va falloir que j'appelle la police, puis mon assurance. Ça te dérange si on fait ça demain, à la place ? »

Cela faisait à peine dix secondes qu'elle avait envoyé le message que Jérôme la rappela. Elle décrocha :

— Laura ? Ça va ? Qu'est-ce qui s'est passé ?

— Oui, ça va, enfin... Ça peut aller, quoi, vu les circonstances. Ils sont venus pendant que je faisais les courses, ils ont retourné tout l'appartement, mais ils n'ont rien pris je crois, ils cherchaient de l'argent je pense, mais enfin comme je suis à sec en ce moment... J'allais appeler la police, là.

— Je m'en occupe. J'ai des contacts dans la police. Je vais m'arranger pour qu'ils t'envoient des gens compétents. Et après je fonce chez toi. Ça va aller ?

— Oui, t'inquiète. C'est gentil, Jérôme. Merci d'être là.

— À tout à l'heure. Je fais au plus vite.

Laura s'assit sur une chaise en attendant l'arrivée de la police, et fondit en larme. Même s'il n'y avait apparemment pas de dégât matériel, elle se rendait compte à quel point un cambriolage pouvait être traumatisant. Savoir que des inconnus étaient entrés, ainsi, dans son sanctuaire, en son absence... Alors qu'elle était partie pour quelques heures à peine... Jamais plus elle ne s'y sentirait en sécurité.

Elle était assise depuis quelques minutes, le temps de se remettre de ses émotions, quand on frappa à la porte. La police était déjà là ? Jérôme devait effectivement avoir des contacts haut placés pour qu'ils se pointent aussi rapidement à son domicile. Laura se leva et alla ouvrir.

Mais derrière la porte, l'homme qui lui faisait face n'avait rien d'un policier.

C'était un homme qui avait une barbe de trois jours. Le visage dur, le regard froid. Il était en jean et baskets.

Et tenait un cutter ouvert dans sa main.

Elle aurait dû se méfier. Des policiers auraient sonné à l'interphone en bas. Ils ne se seraient pas pointés comme ça, à son étage, sans s'annoncer. Mais c'était trop tard pour penser à ça maintenant.

Laura resta figée. L'homme avança vers elle, déterminé à entrer. Par réflexe, elle se recula et le laissa passer.

Il referma derrière lui, sans quitter la jeune femme des yeux, son arme toujours orientée vers elle.

— Toi, dit-il, continuant de plonger son regard perçant dans le sien, tu as quelque chose qui m'appartient. Et je viens le récupérer.

Jérôme venait d'appeler deux de ses connaissances au commissariat situé juste à côté des locaux de Global Consulting, son entreprise. Des hommes de confiance. Il avait déjà travaillé avec eux, et il savait qu'ils ne traiteraient pas le cambriolage de l'appartement de Laura à la légère. S'il y avait quelque chose à trouver, ils le trouveraient.

Ils étaient occupés au moment où Jérôme les avait appelés, mais avaient promis d'arriver chez elle d'ici une heure. Il se précipita donc chez la jeune femme, afin de la rassurer en attendant leur arrivée. Elle aurait certainement besoin de soutien.

Arrivé en bas, il n'eut pas besoin de sonner à l'interphone. Un homme était en train d'entrer dans l'immeuble.

Un type quelconque, avec une barbe de trois jours, habillé d'un jean et d'une paire de baskets standards. Il rattrapa la lourde porte d'entrée de l'immeuble derrière lui, avant qu'elle ne se referme.

L'homme ne sembla pas remarquer sa présence. Il avait l'air préoccupé. Il prit l'escalier. Comme Laura vivait au premier, Jérôme le suivit. Il n'allait pas prendre l'ascenseur pour monter un seul étage.

Alors qu'il était arrivé dans l'angle, au milieu de l'escalier, il vit l'homme mal rasé sonner à la porte de Laura. Intrigué, Jérôme s'arrêté, sans bouger.

Qui était ce type ? L'homme n'avait toujours pas remarqué sa présence. Alors que Laura ouvrait la porte, le type sortit un cutter et entra de force dans l'appartement.

Jérôme se précipita derrière lui, mais le type venait de claquer la porte.

— Merde !

D'un côté, le type était armé, pas Jérôme, et il ne faut pas sous-estimer un homme armé d'une lame.

D'un autre côté, Jérôme ne pouvait pas rester planté là, à ne rien faire, alors qu'un homme armé venait d'entrer chez son amie.

Il ne pouvait pas non plus attendre l'arrivée des deux policiers. Ils ne seraient pas là avant une bonne dizaine de minutes. Et s'il appelait le 17, il allait perdre des instants précieux, le temps d'expliquer la situation.

Il allait devoir agir lui-même. Il n'était pas armé, mais il aurait l'effet de surprise pour lui.

Il se précipita en haut de l'escalier. Ouvrit la porte brutalement.

De l'autre côté, le type, surpris, se retourna. Il regarda Jérôme sans comprendre ce qui se passait, le cutter fermement serré dans sa main gauche.

Jérôme courut sur lui, donna un coup de pied dans sa

main gauche, et un autre, de son autre pied, au niveau du foie. Le type lâcha son arme, par réflexe, et bascula légèrement en arrière.

Laura, derrière lui, en profita. Elle le tira vers elle. L'agresseur tomba au sol, se cognant violemment la tête contre le rebord de la bibliothèque. Il semblait avoir perdu connaissance.

Jérôme se précipita vers la jeune femme, l'enlaça et lui demanda :

— Ça va ?

Elle se mit à sangloter et dit :

— Oui, c'est bon. Mais j'ai eu si peur !

— C'est fini maintenant.

Jérôme la relâcha et dit :

— Tu as une corde ou quelque chose du genre ? La police ne va pas tarder mais il peut se réveiller à n'importe quel moment. Il faut au moins qu'on lui attache les mains.

— Non, j'ai pas ça. Un lacet de chaussure, ça fera l'affaire ?

— Ça sera parfait, dit-il.

Tandis qu'elle ôtait le lacet d'une de ses chaussures, Jérôme demanda :

— Tu ne sais pas ce qu'il te voulait alors ?

— Si, enfin je pense, il m'a juste dit « vous avez quelque chose qui m'appartient », sans m'en dire plus.

— C'est lui qui est venu te cambrioler ce matin, c'est ça ? Il a retourné ton appartement parce qu'il cherchait quelque chose, et comme il n'a pas trouvé, il est venu te demander directement ?

— Oui. Et à mon avis, il cherchait un truc qu'on m'a livré hier.

Elle lui tendit le lacet. Jérôme passa les mains de l'agresseur encore inconscient dans son dos et commença à les attacher, en demandant :

— Comment ça ? Quel truc ?

— Un éléphant en porcelaine, de cette taille-là en gros.

Elle fit un geste avec son pouce et son index pour indi-
quer la hauteur de l'objet. Quelques centimètres, sept ou
huit, tout au plus.

— Qui t'a livré ça ?

— Je sais pas, la gardienne m'a donné un paquet qu'on
avait mis dans ma boîte aux lettres, mais il n'y avait pas d'expéditeur ni rien. J'avais pas l'impression que ça puisse avoir
de la valeur ou quoi que ce soit.

Il finit de serrer le nœud et poursuivit :

— Et il est où cet éléphant maintenant ?

— Je l'avais posé sur un meuble hier soir mais le chat l'a
fait tomber. Je l'ai jeté à la poubelle. Avec les morceaux de
verre qui... Eh, attends une seconde... Ça ne pouvait pas être
l'éléphant qui l'intéressait, parce que c'était vraiment un
objet quelconque. Mais à l'intérieur il y avait des tout petits
morceaux de verre, enfin, je pensais que c'était du verre,
mais... Ça devait être autre chose...

— Des diamants ?

— C'est vrai que j'ai remarqué qu'ils avaient un reflet
bizarre, mais c'était pas des diamants, la forme était beaucoup trop grossière, ça ressemblait vraiment à des éclats de
verre...

— Des diamants bruts, à tous les coups. Pas encore taillés.
Ça ne paye pas de mine, mais ça vaut une fortune. Et moi j'ai
descendu le sac poubelle ce matin, comme une andouille.

À ce moment, l'interphone sonna. Laura décrocha, et
invita ses visiteurs à monter.

— Voilà la police !

Le type commençait peu à peu à reprendre connaissance. Jérôme lui mit une gifle légère pour le réveiller, et lui
dit :

— Oui, t'as raison, réveille-toi l'ami. T'as de la visite.

જી

LAURA REGARDA les morceaux qu'elle et Jérôme avaient posés sur la table du salon, au milieu des éclats de porcelaine. Maintenant qu'elle les voyait mieux, à la lumière du jour, c'était évident. Ils avaient beau avoir passé une journée entière au milieu de détritus, leur reflet était magnifique. Et, si leur forme était grossière, elle rappelait vaguement celle d'un octaèdre. Un solide à huit faces.

Elle soupira.

— T'es sûr qu'on doit les rendre, Jérôme ?

— Tu sais bien que oui.

À leurs pieds, le sac poubelle répandait son odeur nauséabonde de poisson. Ils avaient dû en vider intégralement le contenu pour retrouver tous les minuscules diamants qui avaient été jetés la veille.

Tout autour d'eux, l'appartement était encore en désordre. La police était tout juste repartie avec l'agresseur de Laura encore à moitié sonné, et la jeune femme n'avait pas encore pris le temps de ranger quoi que ce soit. Juste après leur départ, elle s'était précipitée en bas, pour récupérer le sac poubelle dans le grand conteneur, avant que mademoiselle Mulliez ne le sorte dans la rue.

Elle demanda à son ami :

— Mais on pourrait bien en garder un ? Quelle différence ça ferait ? Ils ne s'en rendront même pas compte je suis sûre !

— Bien sûr que si ils s'en rendront compte. Tu penses bien que celui à qui ils appartiennent sait exactement combien il en avait.

— Pff... Mais on sait même pas qui c'est !

À ce moment, le téléphone de Jérôme se mit à sonner. Il regarda l'écran et dit :

— Mes amis de la police.

Il posa le téléphone sur la table et décrocha, en activant le haut-parleur.

— Oui ?

— Jérôme ? L'homme qui a agressé ton amie est passé aux aveux.

— Déjà ? C'est quoi cette histoire alors ?

— Il avait fait la connaissance, en ligne, d'un type qui a participé à un cambriolage chez un diamantaire, à Anvers, il y a quelques mois. Le type en question cherchait à se débarrasser de sa marchandise. Des diamants bruts. C'est bien beau les diamants, ça ne prend pas de place et ça vaut très cher, mais ce n'est pas facile à revendre. Tout le monde dans le milieu des diamantaires aurait su qu'il s'agissait de marchandise volée. Il faut connaître quelqu'un dans le milieu. Quelqu'un qui n'est pas très regardant sur la provenance de ce qu'il achète.

Laura demanda :

— Et donc l'homme qui est venu chez moi, c'était ce genre d'acheteur ?

— Oui ! Enfin, il servait d'intermédiaire auprès d'un diamantaire véreux. Il achetait les diamants au rabais, les revendait un peu plus cher à son client, et tout le monde était content. Tout le monde, sauf le propriétaire original, évidemment.

Elle prit une des pierres et la fit rouler entre son pouce et son index, jouant avec les reflet lumineux, et demanda :

— Mais enfin, c'était quoi moi mon rôle dans cette histoire ? Pourquoi m'avoir livré les diamants à moi ? Et pourquoi les avoir cachés à l'intérieur d'un éléphant en porcelaine ?

— Le vendeur, celui qui a déposé le colis donc, ne voulait pas être vu en compagnie de l'acheteur, celui qui vous a agressée. D'une part, parce qu'il pensait que l'acheteur était peut-être sous surveillance, et d'autre part, parce qu'il ne lui faisait pas vraiment confiance, à mon avis. Et il fallait que la transaction se fasse rapidement. La seule solution qu'ils ont trouvée, c'était de déposer les diamants dans un lieu sûr. Le vendeur les déposait quelque part, et l'acheteur venait les récupérer quelques heures après. Mais ils ne pouvaient pas laisser le paquet dans la nature. N'importe qui aurait pu le prendre !

Laura dit, d'un ton qui sous-entendait qu'elle ne comprenait pas vraiment :

— D'accord...

— Ils se sont donc dit que, s'il laissait les diamants dans une boîte aux lettres quelconque, dans un immeuble, l'acheteur pourrait les récupérer dans les heures à venir. C'est très facile de pénétrer dans un hall d'immeuble, et encore plus facile d'ouvrir n'importe quelle boîte aux lettres : il suffit d'avoir un passe, et ils sont très simples à obtenir. D'autant que votre agresseur a l'air très compétent en matière de crochetage de serrures.

— OK, dit Laura, alors l'idée, c'était que je n'allais sans doute pas aller chercher mon courrier si tôt dans la matinée, donc, l'acheteur aurait eu tout le temps qu'il voulait pour récupérer le colis, c'est ça ?

— Tout à fait. Et si, par le plus grand des hasards, vous y alliez quand même, ou si, comme cela s'est produit, la gardienne de l'immeuble remontait le colis pour vous, il ne fallait évidemment pas que vous tombiez directement sur les diamants. C'est pour ça qu'ils ont été cachés dans un objet d'apparence innocente. Un bibelot sans valeur. Quelque chose que quelqu'un aurait pu vous offrir. Quelque chose que vous auriez posée bien en évidence, chez vous, le

temps de retrouver laquelle de vos connaissances vous
l'avait offerte.

— Et ensuite, il ne restait plus à l'acheteur qu'à me
cambrioler ! Facile, pour un habitué comme lui. Il n'avait
qu'à attendre que je m'absente. Sauf que mon chat avait
cassé l'éléphant dans l'après-midi, et que je l'avais jeté à la
poubelle, avec tous les diamants, sans savoir de quoi il
s'agissait.

— Et moi, dit Jérôme, j'ai descendu la poubelle en repar-
tant ce matin. Donc il a eu beau fouiller les lieux de fond en
comble, il n'a rien pu trouver.

— Finalement, c'est Patachon qui a sauvé les diamants,
en quelque sorte.

Laura regarda autour d'elle. Son chat n'était pas dans les
parages. Forcément. Entre la présence de Jérôme à qui il ne
faisait pas encore confiance, tout ce bazar dans l'appartement, et ce qui s'était passé dans la journée, la pauvre bête
devait être paniquée. Il était certainement caché dans le
placard de la chambre. Sa cachette préférée.

— Bien. Jérôme, madame, je vais vous laisser maintenant, il faut que nous retrouvions la trace du vendeur, avant
qu'il ne se fasse la malle. Des collègues vont passer à votre
domicile, pour récupérer les diamants. Nous venons d'appeler le propriétaire, il dit qu'il s'était fait voler douze
diamants. Vous avez réussi à tous les retrouver ?

Jérôme et Laura les comptèrent. Il y en avait douze.

— Oui, ils sont tous là, dit Jérôme.

Laura lui lança un regard plein de déception. Qu'est-ce
que ça aurait changé de dire qu'il en manquait un ? Après
tout, le vendeur aurait pu en garder un pour lui et n'en
mettre que onze dans le petit éléphant ?

Non, Jérôme avait raison, c'était sans doute mieux ainsi.
Laura ne voyait pas trop ce qu'elle aurait pu faire d'un
diamant brut, de toute façon. À quoi bon garder un objet

volé qu'on ne peut ni utiliser ni revendre ? Ce n'était pas ça qui allait régler ses problèmes d'argent.

❧

JÉRÔME JETA un rapide coup d'œil dans la pièce. Après deux heures de travail acharné, ils avaient enfin fini de remettre de l'ordre dans l'appartement de Laura. Une heure plus tôt, la police était venue récupérer les diamants.

Et là, la jeune femme sortait tout juste de sous la douche, fraîche et pimpante. Retour à la case départ. C'était comme si rien ne s'était passé.

Évidemment, pour Laura, ce n'était pas la même chose, il en était certain. Même si matériellement, tout était à nouveau en ordre, le traumatisme de l'agression et de l'intrusion, lui, était encore vivace et n'allait pas disparaître de sitôt.

Il était près de dix-neuf heures. Dehors, la nuit avait commencé à tomber. Jérôme dit :

— Ça te dit d'aller manger quelque part ? Histoire de se changer les idées ?

Elle soupira et dit :

— Ouais, pourquoi pas. Bonne idée.

Il la prit dans ses bras. Elle sentait cette délicieuse odeur de jasmin, comme à chaque fois qu'elle sortait de la douche. Il lui dit :

— Écoute, je sais que c'est dur ce qui vient de se passer et...

— Non mais t'inquiète, dit-elle, un sourire en coin, ça va passer hein, j'ai connu pire depuis que je te connais. J'ai déjà frôlé la mort plusieurs fois ces derniers temps, et à chaque fois c'était à cause de toi.

— C'est vrai. Et à chaque fois, c'est moi qui t'ai tirée d'embarras. Heureusement que je suis là.

— Ça, c'est sûr que ma vie à changé depuis que je te connais, dit-elle avec un sourire narquois.

— Je vais prendre ça pour un compliment.

Elle baissa le regard une fraction de seconde, comme pour cacher sa gêne, et demanda :

— Au fait... Ça te dérangerait de rester dormir ici ce soir ? Je veux dire, je me sens pas trop de passer la nuit ici tout seule, vu ce qui s'est passé aujourd'hui...

Il demanda sur un ton sarcastique :

— Comment ça toute seule ? T'as Patachon quand même.

— Ouais, c'est pas pareil. Lui à part se planquer, il sait pas faire grand-chose.

Jérôme regarda vers la chambre de Laura. Dans le placard, les deux yeux du chat brillaient.

— Je vois ce que tu veux dire. Bon, d'accord, je vais rester alors. Mais prends pas ça pour une habitude.

— Pas de risque. Bon, on va manger ? J'ai faim.

Quand ils sortirent, juste avant qu'ils ne ferment la porte d'entrée, Jérôme vit à nouveau le chat sortir de sa cachette et reprendre rapidement possession des lieux. Il ne semblait pas encore prêt à accepter Jérôme sur son territoire.

LA VALLÉE DE JOUVENCE

Laura Chapuis s'installa dans le fauteuil club en cuir habituellement réservé aux clients de Global Consulting. Un fauteuil couleur chocolat, tellement confortable qu'on avait l'impression de s'asseoir sur un nuage, qui crissait quand on s'installait dedans, et qui sentait encore le cuir neuf.

Tout sentait le neuf, ici. Jérôme Leblanc, le maître des lieux, assis à côté de Laura et vêtu d'un luxueux costume bleu roi, avait fait refaire intégralement la déco, quelques semaines auparavant. Les murs eux-mêmes venaient d'être repeints en blanc cassé, et les rayons du soleil qui passaient à travers l'immense fenêtre baignaient la pièce d'une lumière intense et diffusaient une douce chaleur. La pièce sentait un mélange de cuir, de senteurs de bois précieux, et de peinture à peine sèche. Hormis le ronronnement de l'ordinateur flambant neuf de Jérôme, la pièce était calme. Dans la rue, en contrebas, la circulation se faisait rare.

Global Consulting était une entreprise de conseil en sécurité informatique, qui avait souvent affaire à des clients hauts de gamme, et un client haut de gamme ne peut pas se rabaisser à s'installer dans du mobilier standard. C'était en tout cas ce que lui avait expliqué Jérôme.

Mais Laura n'était pas une cliente haut de gamme. Ni même une cliente du tout. Elle allait être sa partenaire de travail. Et, même si elle n'en avait encore rien dit à Jérôme, elle appréhendait un peu.

Jérôme et Laura se connaissaient depuis un peu plus de deux mois désormais, et cela faisait quelques semaines qu'ils vivaient une sorte de début de... Relation, peut-être ? Ou peut-être que le mot était un peu fort. Ils couchaient ensemble, ça, c'était certain, mais la nature exacte de leur relation était encore un peu floue. Dans la tête de Laura, tout du moins.

Et, maintenant qu'ils allaient travailler ensemble, comment leurs rapports allaient-ils évoluer ? Elle connaissait un couple qui s'était mis à travailler ensemble, comme eux. Vincent et Julie. Ils se connaissaient depuis la fac, et un beau jour ils s'étaient dit « hé, et si on ouvrait notre propre salon de thé, tous les deux ? » Au début ça semblait être une super bonne idée. Toute la journée à voir la personne qu'on aime le plus au monde, que peut-on rêver de mieux ?

Mais, évidemment, le rêve avait fini par tourner au cauchemar. L'affaire avait périclité, et ils s'étaient séparés, criblés de dettes l'un comme l'autre.

Elle espérait que les choses ne finiraient pas comme ça, avec Jérôme. Mais elle avait bon espoir. D'une part, ce n'était qu'un partenariat temporaire. Laura allait travailler pour lui, en tant que prestataire de services. Ce ne serait qu'une mission temporaire. Deux semaines maximum, lui avait-il dit. Et puis, ils n'étaient pas un couple qui se connassait depuis des années, comme Vincent et Julie. Pff... Elle n'était même pas sûre qu'ils étaient vraiment un couple tout court.

Ils venaient tout juste d'arriver dans les locaux et n'avaient pas encore parlé du dossier sur lequel ils allaient travailler. Sur la petite table basse en acajou verni située entre leurs deux fauteuils, Jérôme avait posé un sachet contenant quelques chouquettes qu'il avait achetées juste avant de venir. Délicate attention. Laura adorait les chouquettes. Elle piocha dans le sachet, prit une des pâtisseries et mordit dedans. Elle était encore chaude. Elle sentit les grains de sucre craquer sous ses dents.

Jérôme, lui, ignora le sachet, se pencha légèrement en avant, comme pour s'approcher d'elle, et dit enfin, sur un ton très professionnel :

— Bon, passons aux choses sérieuses. Je t'explique sur quoi on va travailler. Mon client, enfin, notre client si tu préfères, s'appelle Jean Jouvence. Un nom prédestiné, parce qu'il a fondé il y a une vingtaine d'années un groupe de cosmétiques qui s'appelle « La vallée de Jouvence ». Une grosse PME dans la région, maintenant. Je ne sais pas si tu connais.

— Oui. Enfin, de nom, quoi. Je sais qu'ils vendent des crèmes, j'ai vu ça une fois, mais je n'ai jamais rien acheté chez eux. Ça avait l'air hors de prix.

— Oui, ils fabriquent des produits de très bonne qualité, mais qui sont vendus une fortune, comme tu le disais. Ils visent une clientèle plutôt aisée, et qui se sent proche de la nature. Ils vendent des cosmétiques bio, et se targuent de ne jamais tester leurs produits sur des animaux.

— C'est bien, dit-elle en reprenant une chouquette.

— Oui. Leur problème c'est que, il y a quelques mois, ils s'apprêtaient à sortir une crème révolutionnaire. « Une véritable cure de jouvence », m'a dit le directeur. Ils allaient faire breveter la composition, et, devine quoi ?

— Je ne sais pas.

— La veille du dépôt de brevet, leur plus gros concurrent, « Beau et bio », a déposé presque exactement la même formule.

— Aïe, pas de chance.

— Oui, sauf que, d'après Jouvence, il ne s'agit évidemment pas d'une coïncidence. Il pense qu'un de ses salariés a vendu la formule aux concurrents. Or, il n'y a que trois personnes dans l'entreprise qui connaissaient la formule. Jouvence lui-même compris. Le secret était bien gardé, vois-tu.

— Pas si bien que ça, apparemment.

— Non, en effet. Jouvence a contacté la police, mais ça n'a rien donné. L'enquête est officiellement « en cours », mais ça n'a pas avancé d'un iota, selon lui. C'est pour ça qu'il a également fait appel à moi. Donc voilà d'où nous partons. Nous allons devoir enquêter sur deux personnes seulement.

Enfin, on en arrivait à la partie qui intéressait Laura. Elle était détective privée. C'était d'ailleurs comme ça qu'elle avait fait la connaissance de Jérôme. Au cours de sa toute première enquête, à l'époque où elle travaillait en tant que salariée pour une grosse agence, elle avait été amenée à surveiller ses faits et gestes. Et, pendant l'enquête, ils étaient tombés sous le charme l'un de l'autre. Jérôme lui avait alors proposé de travailler avec lui, ce qu'elle s'était fait une joie d'accepter.

Son partenaire sortit un ordinateur portable d'un attaché-case en cuir noir, tout en disant :

— Le premier suspect, c'est Pascal Girard.

Il posa l'ordinateur sur la table basse et l'ouvrit. À l'écran, apparut l'image d'un homme d'une quarantaine d'années, fortement dégarni, joufflu, à l'air jovial et portant des lunettes aux montures rouge vif. Il était vêtu d'une blouse blanche.

— Girard est le chimiste qui a travaillé sur la formule. C'est lui qui l'a conçue et testée. D'autres laborantins ont travaillé avec lui, évidemment, mais personne d'autre ne connaît la formule dans son intégralité. Personne, sauf Émile Gonthier.

Il cliqua sur le trackpad de son ordinateur. Une autre photo s'afficha. Celle d'un homme très différent. La cinquantaine, à première vue. La mine austère, une chevelure blanche impeccablement coiffée, un regard débordant d'assurance. Il portait un costume anthracite et une cravate épaisse qui semblait valoir une fortune à elle toute seule.

— Gonthier est directeur commercial. C'est lui qui a validé le texte du brevet. Le seul à avoir eu accès au texte du document dans son intégralité, avant dépôt. Il a donc eu accès à la formule, évidemment. Et Jouvence et lui sont un peu en froid, m'a-t-il dit. Gonthier est très ambitieux. Un peu trop aux yeux de notre client, qui m'a dit se méfier de lui.

— Donc c'est lui le suspect numéro un.

— Exactement, mais on ne peut pas non plus exclure la piste Girard. Gonthier roule sur l'or, pour ainsi dire. Girard, lui, est beaucoup moins bien payé. Il est plus facile à corrompre, si tu vois ce que je veux dire. Plus facile à corrompre, et probablement plus facile à débaucher aussi.

— Bien. Donc, qu'est-ce que je dois faire ?

— Je vais rester ici, et éplucher toutes leurs données informatiques. Tenter d'accéder à leurs boîtes mail, de récupérer les données de leurs ordinateurs, ce genre de choses. Toi, tu vas t'occuper du travail de terrain, comme tu pouvais t'en douter.

— Évidemment.

Jérôme était un expert en sécurité informatique. C'était même pour cela que Jouvence l'avait contacté. Laura, elle, préférait le travail de terrain. Dans l'agence où elle était auparavant salariée, l'essentiel du travail se passait derrière un écran. Elle détestait cela. Elle était ravie que Jérôme s'occupe de cet aspect du travail. Et lui était certainement ravi de pouvoir passer ses journées devant son écran. Il poursuivit :

— Je ne sais même pas si ton intervention sera nécessaire. Mais l'informatique ne peut pas tout. Peut-être que je ne pourrai pas accéder à leurs données, ou pas tout de suite. Peut-être que les coupables ont été malins, et qu'ils ont communiqué par des moyens, disons, moins facile à tracer. Plus traditionnels. Par téléphone, par exemple. Ou même, de vive voix. Peut-être qu'ils se rencontrent physiquement. Dans un café, quelque chose comme ça. Donc on aura peut-être besoin de photos. De micros-espions. Ce genre de choses. Tu es plus compétente que moi sur ce terrain-là, je suis bien placé pour le savoir.

Elle sourit. Jérôme ajouta :

— Personne n'est au courant que tu travailles avec moi. Pas même Jouvence.

— Ah bon ? Pourquoi tu ne lui as pas dit ?

— C'est comme ça que je fonctionne. Je ne dévoile jamais mes méthodes de travail à mes clients. Ça ne les regarde pas.

— Euh... D'accord.

— Si je te dis ça, c'est pour éviter que tu ne fasses une gaffe. Jouvence ne sait pas qui tu es, donc si tu as quoi que ce soit à demander, c'est par moi qu'il faut passer.

— Compris, chef, dit-elle en lui faisant un nouveau sourire auquel il ne répondit pas. Il se leva, se dirigea vers son ordinateur et dit :

— Bon, eh bien voilà, tu peux conserver l'ordinateur portable, c'est ton outil de travail, tu peux passer ici dès que tu estimes que c'est nécessaire, et tu peux m'appeler si besoin. Je te propose de repasser ici ce soir, vers dix-neuf heures, pour faire le point, qu'en penses-tu ?

— Euh... Oui, bien sûr.

Il s'assit devant son écran, commença à taper quelque

chose au clavier, et, en relevant à peine les yeux vers elle, dit d'un ton froidement professionnel :

— À ce soir, Laura.

Décidément, ce n'était pas l'homme auquel elle était habituée. Il y avait d'un côté Jérôme, de l'autre, monsieur Leblanc.

Et elle espérait du fond du cœur qu'elle n'avait pas perdu le premier au profit du second.

UN ÉCRAN REMPLI de lignes de texte blanc sur fond noir s'afficha devant les yeux de Jérôme. Jouvence lui avait donné accès à leur système informatique. Officiellement, Jérôme effectuait un simple audit de sécurité. C'était en tout cas comme cela que le directeur avait présenté les choses à ses collaborateurs. Il avait donc la possibilité d'accéder aux serveurs de l'entreprise, à distance.

Et il y aurait eu beaucoup à dire à ce sujet, d'ailleurs. Certains répertoires qui auraient dû être accessibles en lecture seule étaient aussi accessibles en écriture, d'autres fichiers encore étaient accessibles par des chemins détournés alors qu'ils étaient stockés dans des répertoires pourtant correctement protégés.

Mais Jérôme n'était pas payé pour ça. Pas cette fois-ci, en tout cas. Peut-être que, une fois que cette mission serait terminée, il proposerait un vrai audit de sécurité à Jouvence. En attendant, il allait plutôt devoir trouver les mots de passe des deux suspects. Girard et Gonthier.

Pour le directeur commercial, ce serait sans doute plus simple. Gonthier était relativement âgé. La cinquantaine. Pas la génération la plu à l'aise avec les outils informatiques. Tout à fait le genre à utiliser le même mot de passe un peu partout. Un mot de passe simple à retenir. Et donc, simple à cracker.

Pour Girard, ce serait sans doute un peu plus compliqué. Le laborantin était plus jeune, la trentaine bien entamée. Comme Jérôme. Et c'était un ingénieur. Quelqu'un qui aime la technique. Et qui sait, sans doute, un peu mieux protéger ses données.

Jérôme tapa quelques lignes de commandes, et sourit.

À l'écran, s'affichait le fichier contenant les mots de passe.

Ils ne s'affichaient pas en clair. Ils étaient chiffrés. Il n'était pas possible de les utiliser tels quels pour accéder aux données de qui que ce soit. Mais cela voulait dire que, en utilisant un logiciel qu'il avait lui-même écrit, il allait pouvoir tenter une attaque de force brute, et déchiffrer les mots de passe des deux suspects en quelques heures. Peut-être même quelques minutes, s'ils en avaient choisi un trop simple.

Il tapa une commande supplémentaire, et lança le programme.

Il n'y avait plus qu'à attendre. Il se leva de son fauteuil, et se dirigea vers la petite table basse à côté de laquelle Laura et lui étaient assis quelques minutes plus tôt. Il prit une chouquette dans le sachet en papier. Elles étaient à peine tièdes désormais.

Tout en la dévorant, il s'approcha de la grande fenêtre et regarda la rue calme, en bas. Deux enfants passaient chevauchant une trottinette électrique. Ils étaient hilares, au comble de l'insouciance. Les bonheurs simples de l'enfance. Que deviendraient-ils plus tard, ces deux-là ? Courraient-ils après après le pouvoir, après l'argent ? Seraient-ils prêts à trahir pour cela ?

L'ex-épouse de Jérôme, elle aussi, avait été une femme comme ça. Idéaliste dans sa jeunesse, quand ils s'étaient rencontrés, elle était devenue obsédée par l'argent et les biens matériels avec le temps. Ils s'étaient éloignés l'un de l'autre, petit à petit, à cause de cela. Est-ce que Laura deviendrait comme cela, elle aussi, avec le temps ? Et dans le fond, pourquoi se posait-il cette question ? Leur histoire était tellement jeune...

Il regarda à nouveau le sachet de chouquettes. Il hésita à en prendre une deuxième, mais se ravisa. Il avait pris deux kilos déjà depuis qu'il avait fait la connaissance de la jeune femme. Il fallait qu'il fasse attention. S'il continuait de s'engraisser, est-ce que la jeune femme voudrait encore de lui ?

Il repensa à leur discussion, quelques minutes plus tôt. Jérôme avait été extrêmement professionnel dans son attitude. Volontairement. Comme il l'aurait été avec n'importe quel partenaire de travail. Mais peut-être avait-il poussé le bouchon un peu trop loin. Est-ce qu'elle ne l'avait pas trouvé trop froid ? Il faudrait qu'il se montre plus chaleureux, en fin d'après-midi, quand ils se reverraient pour le débriefing.

Par réflexe, il prit quand même une deuxième chouquette, s'en aperçut, hésita à la replonger dans le sachet, haussa les épaules et la dévora. Puis il retourna devant son écran.

Et ne put s'empêcher de sourire, une fois encore.

Il avait déjà réussi à déchiffrer le mot de passe de Girard, comme celui de Gonthier.

APRÈS ÊTRE RESTÉE COINCÉE pendant près d'une demie-heure dans les bouchons matinaux, Laura arriva enfin dans la zone industrielle où était situé le siège de « la vallée de Jouvence ». Une zone banale, grise, remplie de parkings à perte de vue, d'entrepôts ternes et de boutiques sans âme, comme on en voit en périphérie de toutes les grandes villes.

Elle se gara sur le parking d'une chaîne de restauration rapide située juste à côté des locaux de l'entreprise. Le fast-food n'était séparé de l'entreprise de cosmétiques que par un simple grillage.

Face à elle, à quelques mètres, elle pouvait voir derrière une des fenêtres du rez-de-chaussée de « la vallée de Jouvence » une femme de son âge, la trentaine à peine, habillée en tailleur, assise face à un écran d'ordinateur. L'ennui se lisait sur son visage. Comme si elle savait qu'elle passerait les prochaines décennies de son existence à travailler sur le même ordinateur, à organiser le même tableur Excel, jusqu'à ce que l'heure de la retraite sonne.

Laura ne put s'empêcher de s'imaginer à la place de cette jeune femme. Non, elle n'était vraiment pas faite pour un travail de bureau. Les ordinateurs, ce n'était pas fait pour elle. Si elle avait été croyante, elle en aurait remercié le ciel de lui avoir permis de rencontrer Jérôme.

Elle entra dans le fast-food. Forte odeur de friture et de sucre. Les clients étaient rares à cette heure-là. Les plus matinaux étaient déjà partis travailler, et il était trop tôt pour les oisifs qui tuaient le temps en mangeant des hamburgers et des cornets de frites.

Elle se dirigea vers le comptoir. Un jeune homme de vingt ans à peine l'accueillit :

— Bonjour madame, que puis-je faire pour vous ?

— Je vais prendre un cornet de frites et une grande limonade s'il vous plaît.

— C'est parti !

Un peu tôt pour manger ce genre de choses, mais le temps que le jeune homme prépare sa commande, elle aurait l'occasion de discuter avec lui. Tout en le regardant remplir un cornet de frites tout juste sorties du bac, elle demanda :

— Plutôt calme ce matin, non ?

— Oh c'est toujours comme ça à cette heure. Les gens viennent tôt le matin avant d'embaucher, et après c'est la cohue sur l'heure du déjeuner. Mais entre les deux, on n'a personne. En semaine, on n'a que les gens qui travaillent dans le coin qui viennent manger ici.

Il posa le cornet sur un plateau et, tout en remplissant un grand gobelet de glaçons, il demanda :

— Vous êtes nouvelle ici ? Vous travaillez où ?

— Oh, je suis prestataire de services. J'ai rendez-vous dans une heure avec les ingénieurs de « la vallée de Jouvence ». Je mange un petit quelque chose en attendant, je sens que la réunion va s'éterniser.

Elle marqua une pause de quelques secondes et poursuivit :

— Vous les connaissez ? Je veux dire, ils viennent ici, de temps en temps ?

Il haussa les épaules.

— Pff, pas vraiment, non. C'est pas trop notre clientèle.

Il montra d'un geste du menton l'autre côté de la rue.

— Ils commandent plutôt au Palais du Sushi, juste en face. Je vois souvent des livreurs qui traversent pour aller chez eux.

Laura regarda par la vitre. C'était une chaîne de restaurants asiatiques qui vendaient de la nourriture japonaise plutôt haut de gamme, avec les tarifs en conséquence. Effectivement, ça collait bien avec l'état d'esprit de « la vallée de Jouvence ».

Elle paya sa commande, remercia le jeune homme, quitta le restaurant et remonta dans sa voiture. Elle se gara trois cents mètres plus loin. Elle ne voulait pas que le jeune vendeur la voie.

Elle sortit de son véhicule, jeta le cornet de frites à la poubelle, et se dirigea tranquillement vers le Palais du Sushi, tout en buvant son soda. Une fois arrivée au restaurant asiatique, elle regarda le menu, sur la devanture. Il était écrit : « Au Palais du Sushi. Plats asiatiques, sur place ou à emporter. Livraison possible ».

Parfait.

Elle retourna vers sa voiture et appela Jérôme :

— Oui, Laura ?

— Dis-moi, j'aurais besoin de savoir si les deux suspects commandent à manger le midi, et si oui, ce qu'ils ont l'habitude de prendre. Est-ce que tu penses que tu pourrais te renseigner auprès de monsieur Jouvence à ce sujet ?

Silence au bout de la ligne. Il paraissait surpris. Puis il répondit :

— Oui, bien sûr, je vais me renseigner. Je te tiens au courant.

❧

Jérôme venait de se servir un espresso avec la machine à dosettes qu'il avait fait installer. Il n'aimait pas trop ces machins polluants et dont les capsules étaient hors de prix, mais c'était devenu la norme à présent. Tous les clients s'attendaient à trouver ce genre d'appareil désormais. Et puis, il fallait bien admettre que le café était plutôt bon. C'était l'essentiel. « Torréfié longuement et velouté », disait l'emballage. C'était certainement vrai.

Tandis que l'odeur intense se répandait dans la pièce, la petite tasse en porcelaine tenue fermement entre son pouce et son index, Jérôme composa le numéro de Jean Jouvence, son client. Il décrocha à la troisième sonnerie.

— Oui, monsieur Leblanc ?

— Monsieur Jouvence, je suis en train de travailler sur votre dossier, comme convenu, et j'aurais besoin de quelques renseignements qui risquent peut-être de vous surprendre. Je ne peux pas vous expliquer le pourquoi de la chose, pour le moment, malheureusement.

Il soupira au bout de la ligne et dit :

— Je vous écoute ?

— J'aurais besoin de savoir ce que messieurs Girard et Gonthier commandent pour l'heure du déjeuner.

Jouvence paraissait surpris. Il garda le silence pendant quelques secondes. Jérôme le comprenait très bien. Lui-même ne voyait pas du tout où Laura voulait en venir.

— Je sais que monsieur Girard ne déjeune pas. Il ne quitte jamais son poste de travail le midi. En ce qui concerne monsieur Gonthier... Il commande des plats au restaurant japonais d'à côté. Je vais me renseigner discrètement, si vous voulez.

— Merci, monsieur Jouvence. J'attends votre réponse avec impatience. C'est important pour moi, croyez-moi.

— Je n'en ai pas le moindre doute. À tout à l'heure, monsieur Leblanc.

Sans attendre la réponse de son client, Jérôme se remit à son travail. Pour l'heure, son objectif était de réussir à se connecter aux boîtes mails des deux suspects.

D'abord celle de Gonthier, le directeur commercial. Il tapa son nom d'utilisateur, puis le mot de passe qu'il venait de cracker.

« Mot de passe incorrect. »

Il tenta à nouveau, avec le même mot de passe, au cas où il aurait fait une faute de frappe, mais vit le même message. Cela voulait dire que Gonthier n'utilisait pas le même mot de passe pour tous les services de l'entreprise. Cela s'avère-rait donc plus compliqué que prévu avec lui. Tant pis. Il s'oc-cuperait de son cas plus tard.

Il tenta alors sa chance avec le laborantin. Il tapa le nom d'utilisateur et le mot de passe qu'il venait de trouver.

Avec succès cette fois. Tout le contenu de la boîte mail de

Girard apparut devant ses yeux. Des milliers de messages, de conversations confidentielles, échangées au cours des quinze dernières années, depuis que le laborantin avait été recruté par Jouvence lui-même.

Et, parmi tous ces messages, peut-être la preuve que Girard avait trahi son employeur. Ne restait plus qu'à la trouver.

Il but d'une traite le contenu de sa petite tasse à café, fit claquer sa langue de satisfaction contre son palais, se cala confortablement dans son fauteuil, et posa ses deux mains sur le clavier.

La recherche allait prendre du temps.

❧

Il était midi moins le quart quand Laura reçut la réponse de Jérôme. Gonthier avait commandé un plateau de sushis. Quant à Girard, il ne mangeait pas le midi.

Pas grave, elle allait se focaliser sur Gonthier, pour le moment. Elle ne savait même pas si son plan allait fonctionner, de toute façon. Elle y allait au bluff.

Elle sortit de sa voiture, traversa à nouveau le parking, et entra dans la grande salle, encore vide à cette heure-ci, du Palais du Sushi.

Installé derrière un immense comptoir noir, un homme aux traits asiatiques la fixait du regard, les bras croisés sur un tablier blanc. Il avait les sourcils froncés, et portait ses cheveux longs attachés en un catogan serré. Elle le salua. Il marmonna une vague réponse, sans desserrer les bras ni même lui adresser un sourire. Sympa. Derrière lui, dans une petite cuisine, elle vit un jeune homme occupé à hacher d'immenses filets de poisson.

L'homme au catogan la toisait toujours. Elle finit par dire :

— Euh, bonjour, je... Je viens chercher la commande pour « la vallée de Jouvence ».

Il haussa les sourcils, comme s'il avait l'air surpris. Puis il se retourna vers le jeune homme dans la cuisine, lui hurla quelques mots dans une langue que Laura supposait être du japonais. Le jeune homme répondit dans la même langue et lui tendit un sac en plastique. L'homme au catogan prit le sac, le tendit à Laura et dit :

— Oui, c'est prêt. Mais vous aviez demandé la livraison au téléphone, je vais vous la facturer quand même. Toutes les commandes sont fermes et définitives, c'est marqué là !

Et, ce disant, il pointa du doigt un panneau affiché derrière lui.

— Oui, bien sûr, pas de problème, c'est que j'ai fini plus tôt ce matin et...

— Ça fera cent quarante-deux euros !

Laura soupesa le sac plastique. Il n'y avait presque rien là-dedans. Cent quarante-deux euros ! Ce n'était vraiment pas donné. Il y en avait pour plusieurs personnes, mais quand même. Elle espérait qu'ils étaient vraiment bons, leurs plats cuisinés, pour ce prix-là.

Elle retourna à sa voiture, ouvrit le sac, et trouva rapidement le plateau de neuf sushis. Celui qui était destiné à Gonthier.

C'était une petite barquette en plastique noir, recouverte d'un couvercle transparent.

Elle posa la barquette sur le siège passager, fouilla dans sa boîte à gants, et en ressortit un minuscule disque en métal noir, de la taille d'une pile bouton. Un des micros-espions qu'elle avait pris avec elle quand elle avait perdu son job à l'Agence. Elle le colla sous le plateau, et le regarda de près, sous différents angles. On n'y voyait que du feu.

Puis elle démarra, en direction des bureaux de l'entreprise.

Une fois arrivée sur place, elle vissa une casquette noire sur sa tête, prit le sac avec elle, entra dans le bâtiment, et dit à l'agent d'accueil :

— Bonjour, Palais du Sushi, une livraison pour vous.

À peine l'agent avait-il prit le sac qu'elle se précipita dehors. Il n'aurait sans doute pas eu le temps de retenir son visage et, avec la casquette, on ne la reconnaîtrait pas depuis les images de vidéosurveillance. Malgré tout, moins on la voyait, mieux c'était.

Elle retourna se garer sur un autre parking encore, une bonne centaine de mètres plus loin. Puis elle alluma un petit boîtier muni d'un haut-parleur, qui crachota des sons parasites pendant quelques secondes, avant de lui laisser entendre distinctement une voix de femme :

— Monsieur Gonthier, votre déjeuner vient d'arriver.

— Déjà ? Bien, bien, posez ça là.

Puis, plus rien. Elle le savait, ce n'était que le début d'une longue attente. Les inconvénients du métier.

Le parking était quasi-désert. Seule deux autres voitures étaient garées, à quelques dizaines de mètres de la sienne. Elle aurait aimé trouver un endroit encore plus tranquille, loin de tout, mais le micro n'avait qu'une portée de cent cinquante mètres, aussi elle ne pouvait pas vraiment s'éloigner. Et elle ne pouvait pas se garer à nouveau sur le parking du fast-food ou celui du Palais du Sushi sans éveiller les soupçons.

Elle voyait des gens, à quelques centaines de mètres au loin, qui sortaient des bâtiments de bureaux et des entrepôts, de plus en plus nombreux, et qui se dirigeaient vers les restaurants. C'était l'heure de la pause déjeuner, un peu partout. Mais le parking où elle était garée était isolé, assez loin de tout le reste.

Dans son bureau, Gonthier semblait seul. Elle n'entendait rien, sinon des cliquetis par moments. Il était sans doute en train de taper sur son clavier.

Puis, à un moment, elle entendit qu'on frappait à la porte. Gonthier dit d'une voix forte :

— Oui ?

Un bruit qui rappelait une porte qui s'ouvrait, puis la voix du directeur commercial poursuivit :

— Ah, c'est vous, justement je...

Il s'interrompit d'un seul coup, au milieu de la phrase. Des bruits de pas, puis la porte se referma. Puis, plus rien, pendant plusieurs minutes.

Une voiture noire traversa le parking à faible allure, puis se gara, non loin de celle de Laura. Deux hommes, la quarantaine environ, en sortirent. Ils se mirent à discuter d'une voix forte. La jeune femme se concentra plus fort et se pencha plus près de son récepteur, pour bien entendre ce qui se disait dans le bureau de Gonthier. Les deux hommes s'éloignèrent.

Elle entendit alors que, dans le bureau du directeur commercial, la porte venait de se rouvrir, et Gonthier sembla recommencer à taper sur son clavier. Une sonnerie de téléphone. Gonthier décrocha, dit « oui », ne dit plus rien puis, cinq secondes après, raccrocha. Nouveau silence.

Soudain, elle sentit que quelque chose d'anormal se passait. Comme une présence près d'elle.

Elle tourna la tête.

Les deux hommes qui s'étaient garés à côté d'elle étaient plantés juste à côté de sa portière et la regardaient fixement.

L'un des deux, le plus grand, rasé de près, la mâchoire carrée, tenta d'actionner la poignée. Heureusement, Laura avait verrouillé les portes.

Le deuxième homme, plus petit, un bonnet noir sur la tête, sortit de sa poche un petit objet de couleur vive.

Laura sut immédiatement ce que c'était. Un petit

marteau brise-vitre. Le genre qu'on accroche à son porte-clés, pour pouvoir briser la vitre de sa propre voiture, en cas d'accident.

Elle mit le contact.

L'homme frappa la vitre côté conducteur, qui se brisa en mille morceaux.

Laura passa la marche arrière, mais l'homme à la mâchoire épaisse avait déjà ouvert la portière. Il saisit la jeune femme par le revers de son manteau.

Elle n'avait pas eu le temps de mettre sa ceinture. Il l'extirpa du véhicule aussi facilement que si elle avait pesé cinquante grammes.

❧

LES YEUX RIVÉS sur l'écran de son ordinateur, Jérôme lisait les e-mails que Girard, le laborantin, avait reçus ou envoyés récemment. Rien de pertinent. Il commençait à perdre espoir quand il tomba enfin sur un message intéressant.

Il datait de huit mois. Un message, envoyé depuis l'adresse « bernard.mouton@beau-et-bio.fr », contenant une offre d'emploi adressée à Girard, et lui demandant de renvoyer un CV et une lettre de motivation s'il était intéressé. Le laborantin n'avait pas répondu. Mais il n'avait pas supprimé le message pour autant.

Jérôme effectua une recherche, mais ne trouva pas d'autre e-mail envoyé depuis cette adresse, ni même depuis une autre adresse de chez « Beau et bio ».

Mais, en effectuant cette fois une recherche sur le nom « Bernard Mouton », il tomba sur un autre e-mail. Un message, plus récent, envoyé cette fois par Girard lui-même, à l'adresse « bernardmouton@topmail.fr ». Soit l'adresse personnelle de Mouton cette fois-ci, plutôt que son adresse professionnelle. Le message était stocké dans la corbeille de la boîte mail du laborantin.

Jérôme ouvrit le message. Il n'avait pas de titre. Ne contenait pas de texte. Juste une pièce jointe. Un fichier word.

Il ouvrit la pièce jointe.

C'était un document technique. Jérôme ne s'y connaissait pas trop, mais ça parlait chimie, dosages, mélanges de substances.

La formule de la fameuse crème révolutionnaire.

Un immense sourire se dessina sur son visage. Une affaire qu'il pensait devoir durer plusieurs jours, peut-être même plusieurs semaines, résolue en une demie-journée.

Il fit une capture d'écran et lança une impression des deux mails. Il fallait enregistrer les preuves. Des fois que Girard penserait à les supprimer.

Pendant que l'imprimante commençait à cracher les documents, Jérôme se recula dans son siège, tendit les bras pour s'étirer, se leva, et fit quelques pas dans la pièce. Cela faisait plusieurs heures qu'il était assis dans ce fauteuil, le nez face à l'écran. Se remuer lui faisait le plus grand bien. Le vieux parquet craquait sous ses pas pendant que l'imprimante faisait son travail.

Alors qu'il était en train de regarder la rue en contrebas à travers la fenêtre, son estomac se manifesta bruyamment. Il se rendit compte qu'il était affamé. Il était près de treize heures. Il allait falloir qu'il mange quelque chose. Il n'avait rien prévu pour ce midi.

Quand il était plongé dans son travail, comme cela, il pouvait rester des heures et des heures absorbé, les yeux face à l'écran, tel un papillon devant une flamme. Et il suffisait qu'il s'en éloigne quelques secondes pour que son corps se rappelle à son bon souvenir.

L'imprimante se tut, signe qu'elle avait fini son travail. Jérôme en sortit les deux feuilles. Il allait maintenant falloir contacter Jouvence, pour le prévenir. Lui dire de contacter la police avec ces nouveaux éléments.

Avant cela, il composa le numéro de Laura. Autant la prévenir tout de suite, qu'elle ne perde pas son temps. Cinq sonneries. Puis il tomba sur son répondeur. Qu'est-ce qu'elle fichait ? Il lui laissa un message :

— Oui, Laura, c'est Jérôme. Rappelle-moi dès que tu peux. La mission est terminée.

Puis il appela Jouvence sur sa ligne directe. Cinq sonneries, encore une fois. Puis une voix féminine répondit sur un ton mélodieux :

— « La vallée de Jouvence » bonjour, que puis-je faire pour vous ?

— Je voudrais parler à monsieur Jouvence s'il vous plait.

— Qui le demande, monsieur ?

— Monsieur Leblanc. Je suis prestataire informatique.

— Je vais vous passer le service informatique, monsieur. Monsieur Jouvence n'est pas disponible pour le moment.

— Je vous remercie, mais je dois impérativement parler à monsieur Jouvence. C'est urgent. Il n'a pas l'air d'être dans son bureau. Quand sera-t-il disponible ?

— Je lui dirai de vous recontacter dès que possible, monsieur. À quel numéro peut-il vous joindre ?

Jérôme donna le numéro de son portable et raccrocha.

Jouvence devait être en train de déjeuner. Et Laura aussi, probablement. Tout le monde était en train de manger, à une heure pareille. Tout le monde sauf lui.

Son estomac se mit à gargouiller à nouveau. Bon. Autant faire d'une pierre deux coups. Les locaux de « la vallée de Jouvence » étaient situés en zone industrielle. Il y avait plein de restaurants par là-bas. Il allait s'y rendre, manger un morceau, et remettre les messages qu'il venait d'imprimer en main propre à Jouvence.

LAURA ÉTAIT ENTOURÉE par les deux hommes, au milieu du parking désert. L'un des deux, le petit, celui qui avait un bonnet sur la tête, la tenait par le bras, d'une main.

Dans son autre main, il avait un couteau à cran d'arrêt. Pour la décourager d'appeler à l'aide. Appeler qui, de toute façon ? L'endroit était désert.

De l'autre côté, l'homme plus grand, celui à la mâchoire carrée, se tenait tout prêt d'elle, les mains dans les poches. Il regardait droit devant lui.

Ils se tenaient tous les trois le dos contre la voiture de Laura, comme pour tenter d'en cacher la vitre brisée à un éventuel passant.

L'homme à la mâchoire carrée prit la parole :

— Bon, causons un peu. Vous êtes qui ?

Laura garda le silence. Il insista :

— Je vous conseille de coopérer. Il va vous arriver des trucs sinon. Pourquoi vous avez mis un micro dans le bureau de monsieur Gonthier ?

Laura ne dit rien. Il fallait qu'elle gagne du temps. Qu'elle trouve un moyen de se tirer de ce mauvais pas.

Si elle arrivait à se défaire de l'emprise du type au bonnet, elle pourrait s'enfuir en courant peut-être... Non, c'était sans doute trop risqué. Mais elle ne pouvait pas rester sans rien faire.

Le type à la mâchoire carrée sortit un petit boîtier de sa poche, l'agita devant le visage de Laura, et reprit :

— Vous savez madame, vous êtes pas la première à faire de l'espionnage industriel chez nous. On s'est fait voler un brevet y a pas si longtemps. Alors on s'est équipés. En détecteurs de micros et de caméras espions, notamment.

Il rangea l'appareil et dit :

— Et vous êtes la seule personne à la ronde. Et à l'accueil, ils ont dit que la livreuse qui a apporté les sushis ce midi était une jeune femme. Une nouvelle, qu'elle n'avait jamais vue. Et nous, on vous voit, dans votre voiture, en train d'écouter des conversations depuis un récepteur radio. Alors, maintenant, il va falloir nous suivre bien gentiment, d'accord ?

Laura se mit à réfléchir à toute allure.

Qu'est-ce que c'était que ces cowboys ? C'était ça le service de sécurité de « la vallée de Jouvence » ? Des types qui viennent casser les vitres des voitures et menacer les jeunes femmes avec un couteau ? Il fallait bien admettre que la situation ne plaidait pas en sa faveur, mais tout de même...

Et si elle avouait tout simplement ce qu'elle était en train de faire ? Non, ils n'allaient jamais la croire de toute façon.

— Écoutez... Ce n'est pas du tout ce que vous croyez. Je... Appelez la police, si vous voulez ! Je vais tout leur expliquer.

Le type avec un bonnet, tout en maintenant fermement sa prise sur son bras, se mit à ricaner. L'autre dit :

— Oui, oui. Nous allons appeler la police. Bien entendu. Maintenant, si vous voulez bien nous suivre, mon collègue et moi. Nous allons nous rendre dans nos locaux, pour les attendre.

Bon sang. Elle se sentait pathétique. Comment avait-elle pu foirer aussi lamentablement ? Comment avait-elle pu avoir cette idée stupide de micro-espion ? Elle venait de faire foirer complètement sa mission.

Et sans doute aussi le travail de Jérôme, par la même occasion. Leur collaboration commençait bien. Et lui qui lui avait fait confiance...

Et puis... Ces types de la sécurité. Leur comportement n'était pas normal. Depuis quand une entreprise respectable emploie-t-elle des vigiles qui utilisent ce genre de méthodes ?

Non, clairement, il se passait quelque chose de louche.

Au loin, elle ne voyait plus personne désormais. Tous les employés qu'elle avait vus sortir, quelques minutes plus tôt, de leurs lieux de travail respectifs, s'étaient tous réfugiés dans les restaurants de la zone. Peut-être qu'elle pouvait encore tenter quelque chose...

Elle fit mine de suivre les deux hommes, sans résistance. Se dirigea vers leur véhicule, garé à une vingtaine de mètres de là.

Le type au bonnet, à sa droite, lâcha imperceptiblement sa prise. Presque rien.

Elle en profita. Fit une brusque rotation du bassin, vers la gauche.

Surpris, le type au bonnet la lâcha. Elle fit une nouvelle rotation, dans l'autre sens. Et lui asséna un magistral coup de coude dans le plexus solaire.

Par réflexe, l'homme au bonnet se recroquevilla, le souffle coupé. Il tenait toujours le couteau, mais sous l'effet de la douleur sa prise s'était affaiblie.

Laura prit sa main. Tira les doigts en arrière. Et se saisit de l'arme.

L'homme à la mâchoire carrée fondit sur elle. Tenta de la saisir par les épaules.

Laura se retourna. Pointa l'arme vers lui. Il leva les mains en l'air, faisant un geste d'apaisement.

Elle donna un violent coup de pied vers l'arrière. Le type au bonnet s'effondra. Sa tête heurta le béton.

Le type à la mâchoire carrée, lui, recula d'un pas.

Laura en profita. Courut vers sa voiture. Monta. Mit le contact.

Et démarra sur les chapeaux de roue, laissant ses deux agresseurs derrière elle.

JÉRÔME SE GARA sur le parking d'un fast-food situé juste à côté des locaux de « la vallée de Jouvence ». Le directeur ne l'avait pas encore rappelé. Il était sans doute encore en train de déjeuner. Laura non plus n'avait pas rappelé, d'ailleurs. Grand bien lui fasse. Il allait dévorer un hamburger, puis après, il irait voir Jouvence directement dans son bureau pour lui faire son rapport.

Il venait tout juste de passer la porte d'entrée du restaurant quand son téléphone sonna. C'était Laura. Il décrocha et entendit une voix paniquée :

— Jérôme ! J'arrive tout de suite ! Je suis en route vers Global Consulting là. Faut que je te parle d'un truc, j'ai merdé je crois.

Au bruit de fond derrière elle, il devina qu'elle était en voiture.

— Quoi ? Mais attends, t'es où là ?

— Je quitte la zone industrielle, je t'explique dès que j'arrive. Je suis là dans dix minutes.

— Non, mais... Laura... Je suis sur place là. Tu situes, le fast-food, juste à côté des locaux de Jouvence ? C'est là que je suis.

Un temps. Puis elle répondit :

— Faut pas rester là, Jérôme. Il se passe un truc bizarre j'ai l'impression.

— OK, dit-il en se dirigeant vers la sortie du restaurant, le téléphone collé à l'oreille. On se retrouve au bureau.

Il raccrocha.

Alors qu'il s'apprêtait à sortir, il vit deux hommes entrer dans le restaurant et se diriger vers les toilettes. Un grand, et un plus petit, avec un bonnet.

Ce qui l'intrigua, c'est que celui qui avait un bonnet avait du sang sur la main.

Jérôme attendit qu'ils entrent dans les toilettes. Puis il se rapprocha, le plus près possible de la porte, sans entrer. Et tendit l'oreille.

Ils firent couler de l'eau. Sans doute pour nettoyer la plaie. L'un des hommes dit :

— Ça va, t'as rien.

— J'ai rien, j'ai rien, c'est toi qui le dis, t'es marrant. C'est pas toi qui t'es pris le sol en pleine tête.

— C'est bon, ça saigne un peu mais c'est rien du tout. Tu marches droit. T'es cohérent quand tu parles. C'est juste une égratignure. T'as pas de commotion cérébrale ni rien. Fais pas ta chochotte.

— Ouais ben j'aimerais bien t'y voir. N'empêche qu'on a laissé s'échapper l'autre pute. Gonthier va pas être content.

Jérôme ne put s'empêcher de hocher la tête. Laura s'était fait griller, apparemment. Elle avait « merdé », pour reprendre ses mots. Elle avait réussi à se faire repérer. Et elle avait démoli le portrait d'un des vigiles. Belle performance, pour sa première demie-journée de travail.

Enfin, dans le fond ce n'était pas très grave. L'affaire était résolue. Il fallait juste qu'il présente les deux e-mails à Jouvence. Ensuite, il présenterait ses excuses pour la gêne occasionnée par sa partenaire. Fin de l'histoire.

Il se préparait à repartir, quand il entendit l'homme blessé dire :

— N'empêche qu'il avait raison. Jouvence a bien mis un détective sur l'affaire. Ça veut dire qu'il a pas lâché l'affaire. Et maintenant, la meuf connaît nos têtes. Elle sait qu'il y a un truc chelou avec Gonthier. On est dans la merde Antoine. Faut qu'on la retrouve.

— T'inquiète, j'ai noté sa plaque. Elle va pas se cacher bien longtemps.

Il entendit des bruits de pas. Ils étaient sur le point de sortir.

Jérôme se précipita dans les toilettes pour femmes, juste à côté.

Il venait à peine de fermer la porte derrière lui qu'il les entendit traverser le couloir, avant de s'éloigner.

Il attendit quelques secondes, puis sortit à son tour des toilettes. Il chercha du regard, dans tous le restaurant. Les deux hommes n'étaient plus là.

Il quitta lui aussi le fast-food, monta dans sa voiture, mis le contact, et appela Laura.

— Oui ?

— Laura, tu es arrivée ?

— Je suis en train de me garer, mais c'est blindé dans ta rue, et toi ?

— Ne te gare pas dans ma rue, gare-toi un peu plus loin, d'accord ? Ensuite, attends-moi dans le hall. Ne reste surtout pas dans ta voiture. J'arrive tout de suite.

— Qu'est-ce qui se passe, Jérôme ? J'ai merdé à ce point-là ?

— T'as pas merdé, non. Enfin, si, un peu. Mais moi aussi, t'inquiète. Je t'explique dès que j'arrive.

✿

Laura s'installa dans le fauteuil club du bureau de Jérôme. Le même que dans la matinée. Mais l'ambiance n'était plus du tout la même. Même le ciel, où le soleil jouait à cache-cache avec les nuages dans la matinée, avait viré au gris sombre. Un orage n'allait pas tarder à éclater, c'était certain.

Jérôme, lui, faisait les cent pas dans la pièce, ses semelles en cuir claquant sur les lattes du parquet ancien.

Elle était sur le point de lui expliquer tout ce qui s'était passé. Ils n'avaient pas voulu parler sur le palier, mais maintenant qu'ils étaient installés, il fallait qu'elle lui explique ce qui lui était arrivé.

Mais il ne lui en laissa pas le temps.

— Bon, Laura, je t'explique. Je me suis fait avoir comme un bleu. J'ai trouvé deux messages dans la boîte mail de Girard, le laborantin, qui l'accusaient sans laisser le moindre doute. D'abord, une proposition d'embauche venant de quelqu'un de chez « Beau et bio ». Et ensuite, la formule secrète envoyée par Girard à la même personne. Pas de doute à avoir donc.

Laura fronçait les sourcils.

— Non, pas de doute a priori. Et donc ?

— Et donc, j'allais me rendre chez Jouvence avec ces preuves en main. La culpabilité du laborantin était établie. Fin de l'affaire donc, pour nous en tout cas. Et c'est là que tu m'as appelé. En me disant que tu avais merdé. Et, deux minutes après, je vois débarquer deux types, dont un qui avait la tête en sang.

D'un seul coup elle s'anima.

— Ah oui, un grand avec une mâchoire carrée et un petit avec un bonnet ? Tu les as vus ? Jérôme, ce sont les mecs qui m'ont agressée. J'avais placé un micro-espion dans le bureau de Gonthier. J'étais dans ma voiture en train d'écouter ce qui s'y disait. Et là, ils ont débarqué. Ils m'ont dit que, comme il y avait déjà eu des cas d'espionnage industriel dans l'entreprise, maintenant ils utilisaient des détecteurs de micros. Je savais pas quoi faire. Ils m'ont demandé de les suivre, mais un des mecs avait un couteau, alors...

— Alors tu l'as étalé, dit-il d'un ton plein d'admiration. Respect, tu n'y es pas allée de main morte apparemment.

— Sa tête a un peu tapé par terre, je crois.

— Bon, je les ai écouté parler. Deux choses. La première, c'est qu'ils sont dans le camp de l'escroc. La seconde, c'est qu'ils ont noté ta plaque d'immatriculation. Ils sont à ta recherche.

— Quoi ? Mais... S'ils ont juste ma plaque, ils ne peuvent pas...

— S'ils sont en contact avec quelqu'un qui a accès au fichier des immatriculations, un ripou à la préfecture ou dans la police par exemple, ils pourront facilement retrouver ton nom et ton adresse.

Laura se sentit blêmir.

— Ne t'inquiète pas. Moi aussi j'ai des amis dans la police. Tu te rappelles ? Eh bien, je leur ai demandé d'aller chez toi. Ils sont déjà sur place. Ils vont gentiment cueillir tes deux agresseurs dès qu'ils passeront la porte d'entrée de ton immeuble.

— Merci, Jérôme.

— Et ils pourront passer aux aveux, comme ça, et expliquer tout ce qui s'est passé.

Dehors, le ciel s'assombrissait de plus en plus. Le tonnerre se mit à gronder. Laura réfléchit quelques secondes et demanda :

— T'as déjà une hypothèse ?

— Oui, et toi ?

— Ben, si je comprends bien tout ce que tu m'as dit, contrairement aux apparences, ce n'est pas Girard le coupable, c'est ça ?

— Tout à fait. C'est Gonthier. Les types qui t'ont agressée sont bien des agents de sécurité de « la vallée de Jouvence », mais s'ils ont des détecteurs de micros, ce n'est pas pour lutter contre l'espionnage industriel. Ce sont eux, les espions. Enfin, eux et Gonthier, évidemment. Ils savaient que Jouvence avait fait appel à un détective privé. Je ne sais pas comment exactement, mais ils ont réussi à avoir l'info. Il fallait réussir à nous mettre la main dessus, et à s'en débarrasser, avant qu'on ne trouve quelque chose de compromettant.

Laura avala sa salive.

— Et ils pensaient que c'était moi, donc ?

— Oui. Tu as bien fait de t'enfuir, comme tu peux t'en douter.

Elle déglutit à nouveau.

— OK, mais alors si Gonthier est coupable, Girard est complice, c'est ça ? C'est quoi son rôle ?

— Je ne pense pas, non. Tu vois, j'ai très facilement réussi à cracker le mot de passe de son adresse mail. Celle de Gonthier, non. Girard n'a pas l'air très prudent en matière de sécurité informatique. Pourtant, même pour quelqu'un avec un profil pareil, laisser traîner ce genre de message compromettant, ce serait le comble de l'imprudence, non ? Je me suis fait avoir parce que je l'ai trouvé dans la corbeille de sa boîte. Je me suis dit « il a voulu le supprimer, mais il n'a pas pensé à vider la corbeille ».

— Attends, je comprends. C'est Gonthier qui a fait le coup, c'est ça ? Il savait que les soupçons se porteraient sur eux deux, donc il a réussi à se connecter sur la boîte mail de Gonthier, et il a envoyé le mail en se faisant passer pour lui. Donc, si la police n'avait pas bâclé son enquête, elle serait tombée sur cette fausse preuve.

— C'est ce que je pense aussi.

Il s'approcha d'elle, la regarda droit dans les yeux et dit :

— Heureusement que tu étais là, Laura. Tu as peut-être l'impression d'avoir « merdé », comme tu dis, mais sans toi, je me serais fait avoir comme un débutant, et j'aurais injustement accusé ce pauvre Girard.

Il s'assit enfin à côté d'elle, prit le sachet de papier, le lui tendit et demanda :

— Une chouquette ?

— Non merci, dit-elle. J'ai pas trop d'appétit.

Il sembla hésiter, puis se servit. Il mordit dans la pâtisserie, et dit :

— Bof, c'est pas terrible ces trucs-là une fois que c'est froid.

❧

QUAND JÉRÔME FIT ENTRER Jean Jouvence dans son bureau le lendemain matin, ce dernier semblait de très bonne humeur. Ils échangèrent une poignée de main virile, puis Jérôme invita l'homme d'affaires à s'installer dans l'un des deux fauteuils clubs. Dehors, le soleil brillait. Une belle et chaude journée s'annonçait, maintenant que le ciel avait été lavé des lourds nuages qui l'avaient encombré la veille. Jouvence prit la parole :

— Merci beaucoup, monsieur Leblanc, d'avoir élucidé ce mystère. Nous allons pouvoir travailler plus sereinement désormais. L'ambiance était exécrable ces derniers temps. Je ne savais plus à qui je pouvais me confier !

— Mais je n'ai fait que mon travail, monsieur Jouvence, répondit-il en faisant un grand sourire.

— Et merci de m'avoir aussi débarrassé de ces deux agents de sécurité. Je ne vous cache pas que cela ne fait pas de mal de faire du ménage dans son entreprise de temps en temps. Je vais pouvoir les remplacer par des collaborateurs plus loyaux. À ce propos, comment va votre collègue ? Elle n'est pas présente ? J'aurais aimé aussi la rencontrer, pour la remercier.

— Malheureusement, elle préfère rester discrète, vous comprenez que dans notre profession, c'est essentiel. Mais elle va bien. Je lui transmettrai vos remerciements.

Jérôme lui cacha ce détail, mais Laura était bien présente dans les locaux de Global Consulting, dans une petite pièce juste à côté. Mais ils s'étaient mis d'accord pour qu'elle ne rencontre pas Jouvence. Ni qui que ce soit, hormis la police.

Elle ne voulait pas devenir une célébrité locale. L'essence même de son métier, c'était de se fondre dans la masse, après tout. D'être madame tout-le-monde.

Elle s'était d'ailleurs bien trop fait remarquer à son goût, avait-elle dit à Jérôme. Les deux vigiles s'étaient rendus à son domicile la veille, mais au lieu de tomber sur elle, ils étaient tombés sur les policiers amis de Jérôme. Ils étaient derrière les barreaux désormais, de même que Gonthier. Plus rien à craindre de ce côté-là.

Mais c'était la deuxième fois en peu de temps que Laura manquait de se faire agresser à son domicile. Elle avait dit à Jérôme qu'elle n'en pouvait plus. Qu'il fallait qu'elle déménage. À l'heure qu'il était, elle était en train de regarder sur son ordinateur portable, dans la pièce d'à côté, les annonces immobilières.

Jouvence sortit un chéquier de la poche intérieure de sa veste et dit :

— Voici, comme convenu, le règlement pour vos services… Eh bien, je n'hésiterai pas à faire de nouveau appel à vous. Nous avons des soucis de sécurité informatique m'avez-vous dit…

— Oui, répondit Jérôme, mais je ne vais pas pouvoir prendre cette mission tout de suite, peut-être pourrions-nous nous revoir d'ici un mois pour en discuter ?

— C'est noté, répondit Jouvence.

Ils se levèrent tous deux et échangèrent une poignée de main, Puis Jouvence quitta les locaux.

Jérôme avait menti. Il n'avait aucune autre mission en vue pour les prochaines semaines. Mais, d'une part, le chèque que Jouvence venait de signer était suffisamment gros pour lui permettre de vivre pendant plusieurs mois.

Et, d'autre part, il avait envie de se rendre disponible pour Laura. L'aider à déménager. À se trouver un nouveau foyer. À oublier ce qui s'était passé.

Et puis, il ne voulait pas en rester là en ce qui concernait leur collaboration professionnelle. Il voulait continuer de travailler avec elle. Il en avait marre d'être un loup solitaire. Et il faudrait sans doute un peu de temps avant que Laura accepte une nouvelle mission.

Et en ce qui concernait leurs relations plus personnelles ? Comment allait-elle réagir ? Depuis que Jérôme était entré dans sa vie, la jeune femme avait croisé la mort de près, à plusieurs reprises déjà. Leur histoire était toute neuve, mais il ne voulait pas la perdre.

Il ouvrit la porte de la petite salle. Celle où Laura était réfugiée.

Sa partenaire était assise en tailleur sur le petit canapé clic-clac en tissu qui constituait l'essentiel du mobilier de la pièce, l'ordinateur portable sur les genoux. En voyant Jérôme entrer, elle referma l'ordinateur, d'un air las, et se leva.

— Alors, demanda-t-il, tu as trouvé quelque chose ?

— Oui, mais ce n'est pas disponible toute de suite. Dans deux semaines simplement. Mais je ne peux pas rester dans mon appartement actuel. Pas un jour de plus. C'est hors de question.

— Qu'est-ce que tu vas faire en attendant ?

— Pauline. Mon amie. Je l'ai eue au téléphone y a cinq minutes. Elle est OK pour m'héberger pendant les quinze prochains jours. Bon, je file Jérôme, je vais faire une valise rapide, histoire de prendre quelques bricoles. Et histoire de prendre le chat aussi. Pauline est un peu allergique. J'espère que ça va quand même aller.

Elle déposa un chaste baiser sur sa joue, et, sans même lui laisser le temps de répondre, quitta les locaux à son tour.

Jérôme retourna dans le bureau, fit craquer le parquet sous ses pas, et se dirigea lentement vers la grande fenêtre. En bas, il vit Laura sortir du bâtiment, et traverser la rue vide à pas vif, tourner à droite à l'intersection suivante, et disparaître. C'était comme si, d'un seul coup, elle venait de quitter son existence. Son « au revoir », quelques minutes auparavant, ressemblait à un adieu.

Il resta planté, à regarder la rue déserte, pendant plusieurs minutes. Puis il hocha la tête, s'installa à son bureau, et alluma son ordinateur. Il fallait qu'il se change les idées. Le système n'avait pas encore fini de charger qu'il sentit son téléphone vibrer dans sa poche. Il le sortit et lut le message que Laura venait de lui envoyer :

« Au fait, c'est quand notre prochaine mission ? Je suis partie en coup de vent, désolée, t'as même pas eu le temps de me dire. »

Il ne put réprimer le sourire qui se dessinait sur ses lèvres.

FACTION COMBAT

Ce soir-là, la pluie tombait dru sur la ville. La nuit était tombée depuis longtemps. Il n'était pourtant que dix-neuf heures. Dans les immeubles, tout autour, les gens se réfugiaient chez eux, après une longue journée de travail. On voyait les fenêtres s'illuminer les unes après les autres. La lumière jaune pâle des lampadaires se réfléchissait sur les trottoirs humides. L'odeur d'asphalte trempée se mélangeait à celle de la pollution qui retombait au sol. Sur les toits des bâtiments, les cheminées tournaient à plein régime et envoyaient leur fumée épaisse dans le ciel obscur.

Tout en avançant péniblement face au vent, zigzaguant entre les immenses flaques d'eau, un chapeau en feutre vissé sur le crâne, le col de son épais manteau de laine relevé, la tête enfoncée entre les épaules pour se protéger des gouttes d'eau glaciales, Jérôme Leblanc faisait le point sur toutes les erreurs qu'il venait de commettre.

Première erreur, accepter de rencontrer un client en dehors de ses locaux habituels. D'habitude, c'étaient les clients qui venaient dans les locaux de Global Consulting, son entreprise de conseil en sécurité informatique. Mais la personne qui avait fait appel à lui cette fois-ci avait insisté :

elle ne pouvait pas sortir de chez elle. Problème de santé. Il fallait donc que Jérôme se rende à son domicile.

Deuxième erreur : accepter un rendez-vous si tard. Cela ne le dérangeait pas de travailler tard dans la soirée. Jérôme pouvait même passer la nuit entière devant un ordinateur, s'il le fallait.

Mais, en général, il rencontrait ses clients dans la matinée ou en début d'après-midi. Qui savait combien de temps l'entretien allait durer ? Il avait rendez-vous avec Laura, sa petite amie, ce soir-là. Elle était censée le retrouver chez lui, à vingt-et-une heures. Le client avait dit qu'il n'y en aurait pas pour bien longtemps, mais Jérôme ne pouvait pas en être sûr.

Troisième erreur, enfin : ne pas prendre sa voiture. Le client vivait à trois kilomètres des locaux de Global Consulting, et Jérôme évitait de prendre sa voiture dès qu'il en avait l'occasion. Quand il était parti, vingt minutes plus tôt, le ciel était chargé, mais pas menaçant. S'il avait su que les éléments se déchaîneraient en cours de route, il se serait adapté.

Mais là, son chapeau était dégoulinant, de même que son manteau. Lui-même se sentait trempé jusqu'aux os. Ses chaussures étaient maculées de boue. À quoi allait-il ressembler devant son client ?

Une voiture passa dans la rue, juste à côté de lui. Arrivée à sa hauteur, elle roula dans une flaque et projeta plusieurs litres d'une eau sombre sur Jérôme qui protesta. En vain. La voiture partait déjà, au loin. Bon sang ! Heureusement, il était presque arrivé à destination. La fin de ses ennuis, pensa-t-il. Plus qu'à espérer que l'entretien ne s'éternise pas.

Il arriva devant un grand immeuble, assez chic. Architecture en pierre de taille du début du vingtième siècle. Trois étages. Une immense porte cochère, en bois plein finement ouvragé, lui faisait face.

Contre le mur, un interphone. Il y chercha le nom de son client, Alain Bouchet, et le trouva, écrit à la main sur une étiquette autocollante en papier.

Il sonna. La voix usée qu'il avait déjà entendue plus tôt au téléphone lui répondit :

— Oui ?

— Monsieur Bouchet ? C'est Jérôme Leblanc.

— Avancez au fond de la cour. Je suis au rez-de-chaussée. La porte sera ouverte, vous pourrez entrer directement.

Une sonnerie retentit alors, lui indiquant que la porte était déverrouillée. Il poussa un pan de la lourde porte cochère et se retrouva dans une petite cour pavée, mal éclairée. Les pavés étaient tellement mal alignés et l'endroit tellement sombre qu'il avança pas à pas, en fixant ses pieds du regard. Pas envie de faire une mauvaise chute.

Mais ça aussi, c'était une erreur.

S'il avait regardé autour de lui, il aurait probablement vu l'homme, à sa gauche, qui venait de se jeter sur lui pour lui mettre un sac en toile de jute sur la tête.

Un autre homme arriva dans son dos. Il prit Jérôme par la taille, lui enserrant les deux bras.

Jérôme se débattit, tentant de frapper les parties génitales de son agresseur. Pour se défaire de son emprise.

L'autre homme dit :

— Calmez-vous monsieur Leblanc ! Suivez-nous sans faire d'histoire.

Jérôme réussit à frapper son adversaire, qui lâcha légèrement son emprise. Mais il n'eut pas le temps d'en profiter.

Il sentit un violent coup contre son crâne.

Puis, plus rien.

Assise en tailleur sur le canapé de son amie Pauline, la manette de la console de jeu tenue fermement en main, Laura Chapuis fixait l'écran du regard.

À l'image, sur une route virtuelle au milieu d'un décor aux couleurs acidulées qui évoquait Tokyo, le kart de son personnage n'était plus très loin de la ligne d'arrivée désormais. Elle avait choisi d'incarner le champignon. Pauline, assise juste à côté d'elle, avait choisi de jouer avec la princesse.

La tension était à son comble. Pauline était un peu en retard sur Laura, mais c'était trop tôt pour crier victoire. Elle n'était pas très loin derrière elle. Ça allait se jouer à quelques secondes près. La ligne d'arrivée n'était plus qu'à quelques mètres...

Sur la petite table basse en verre en face d'elles deux, Laura avait posé son chocolat chaud. L'odeur de cacao chatouillait ses narines, mais il devait être tiède désormais. Cela faisait combien de temps qu'elles jouaient ? Une heure et demie ? Peut-être pas loin de deux, même.

À côté d'elle, Patachon, le chat de Laura, dormait, à moitié emmitouflé dans un plaid. Il s'était enfin acclimaté à son nouveau lieu de vie. Laura avait quitté sont appartement quelques jours auparavant. En attendant d'emménager à sa nouvelle adresse, elle se faisait héberger chez sa meilleure amie. Au début, le changement avait été un peu brutal pour son chat, mais apparemment, c'était du passé.

Comment pouvait-il dormir au milieu d'un vacarme pareil ? Laura n'arrêtait pas de bouger dans tous les sens, comme si elle était réellement au volant du kart virtuel qu'elle pilotait. Elle poussait des petits cris de satisfaction chaque fois qu'elle ramassait un bonus ou franchissait un passage difficile. Et Pauline faisait pareil de son côté.

Laura activa le dernier bonus qu'il lui restait, accéléra

soudainement, et passa enfin la ligne d'arrivée, alors que Pauline n'était qu'à quelques mètres derrière elle.

Sans dire un mot, elle leva les bras en l'air, en un signe de victoire, pendant que son personnage dansait à l'écran. Puis elle regarda son amie et dit :

— T'as encore des progrès à faire, meuf.

— Pff, j'étais franchement pas loin cette fois.

Laura prit sa tasse, qui était presque froide, mais l'odeur de cacao était tellement enivrante... Elle but une gorgée. La boisson épaisse lui tapissa la gorge. Même à cette température, c'était encore tout à fait buvable. Peut-être un peu trop sucré, mais tellement bon qu'elle ne fit pas la fine bouche. Jeter un chocolat chaud préparé avec amour par son amie Pauline, ce serait un sacrilège, de toute façon.

Elle regarda son téléphone et se leva d'un bond.

— Eh mais j'avais pas vu l'heure ! Il est vingt-et-une heures passées ! Je devrais déjà être chez Jérôme là !

Pauline secoua la tête. Elle n'aimait pas trop Jérôme, Laura le savait. Ils ne s'étaient pourtant jamais rencontrés, mais elle estimait que ce n'était pas un homme pour elle. Qu'elle devait s'en éloigner le plus vite possible. Parce qu'il attirait le mauvais œil, ou un truc comme ça, avait-elle dit.

C'était vrai que, depuis qu'elle le connaissait, Laura avait frôlé la mort à plusieurs reprises. Pas par sa faute à lui, mais parce qu'ils s'étaient retrouvés face à des situations, disons... dangereuses.

Mais c'était ça aussi qui plaisait à Laura. Le frisson du danger, et en même temps l'impression d'être protégée en sa compagnie. Mais ça, Pauline n'arrivait pas à le comprendre. Pff, c'était surtout qu'elle était un peu jalouse.

— T'inquiète pas, Patachon, dit Pauline en regardant le chat, moi je t'abandonne pas, ce soir. Je vais m'occuper de toi, tu vas voir.

Patachon regarda Pauline en retour, les yeux mi-clos, et se mit à ronronner.

— Bonne soirée, Pauline !

— À demain, répondit-elle sans même la regarder.

Laura se précipita hors de l'appartement. Tandis qu'elle descendait l'escalier, elle regarda son téléphone. Bizarre que Jérôme n'ait pas laissé de message. Ce n'était pas son genre. Il était toujours très ponctuel, contrairement à Laura. D'habitude, il lui envoyait un message à chaque fois qu'elle était en retard, c'est-à-dire presque à chaque fois. Autant pour la taquiner que pour qu'elle se dépêche.

Mais pas cette fois. Peut-être que lui aussi était en retard ? Peut-être même qu'il avait oublié ? La veille, il lui avait dit qu'il allait rencontrer un nouveau client prochainement. Elle l'imaginait très bien, plongé dans une nouvelle mission, les yeux rivés sur l'écran, à ne pas voir les heures passer.

Elle arriva dehors. Il tombait des cordes. Aucun passant dans la rue, hormis un homme qui marchait à toute allure, tentant tant bien que mal de s'abriter sous un parapluie détrempé.

Même les voitures roulaient au pas tant la visibilité était mauvaise. Pas vraiment un temps à mettre le nez dehors. Heureusement qu'elle n'était pas garée loin.

Elle se précipita jusqu'à sa voiture et, une fois à l'abri, appela Jérôme.

Pas de réponse. Elle tomba sur le répondeur.

Étrange. Il avait toujours son téléphone avec lui, et décrochait toujours quand Laura l'appelait. Peut-être qu'il était en entretien avec son client ? Non, pas à une heure aussi tardive.

Elle lui envoya alors un texto :

« Coucou, désolée, j'avais pas vu l'heure. T'es déjà chez toi, là ? Ou bien t'es encore plus en retard que moi ? »

Puis, sans attendre la réponse, elle mit le contact et se dirigea vers chez lui. S'il n'y était pas, et s'il ne répondait pas à son message, eh bien, elle irait le trouver à Global Consulting.

Elle roula pendant près de dix minutes au ralenti, sous la pluie battante, les essuie-glace battant contre le pare-brise, avant d'enfin sentir son téléphone vibrer. Elle se gara sur le bas-côté. Jérôme venait de répondre :

« Je suis au bureau. Retrouve-moi là-bas s'il te plaît. »

Elle ne put s'empêcher de sourire. Elle avait vu juste. Il n'avait pas vu le temps passer. Il était resté toute la soirée devant son ordi. Pour une fois, ce n'était pas elle la plus en retard !

Elle mit son clignotant, s'inséra sans difficulté dans la circulation, et se dirigea vers les bureaux de Global Consulting.

QUAND JÉRÔME SE RÉVEILLA, il était plongé dans l'obscurité, allongé au sol, sans comprendre pourquoi. Une douleur intense irradiait depuis l'arrière de son crâne. Comme s'il s'était fait une bosse. Ses mains étaient entravées derrière son dos. Il sentait les cordes serrées lui lacérer la chair à chacun de ses mouvements. Autour de lui, une forte odeur de pourriture et d'humidité. Il entendait un robinet qui gouttait, à quelques mètres de lui.

À l'aide de ses mains entravées, il toucha le sol. De la terre battue. Il était dans une cave, ou quelque chose comme ça.

La mémoire lui revint peu à peu. Son client qui lui avait donné rendez-vous chez lui. Cette cour obscure. Et les gars qui lui avaient sauté dessus. Ce coup qu'il avait reçu sur la tête enfin, et qui lui avait fait perdre connaissance.

Il se releva, péniblement à cause de ses mains liées, s'appuya au mur de briques froid, fit quelques pas, tituba à cause de son mal de tête, et perdit l'équilibre.

Il s'étala de tout son long, sans même pouvoir amortir sa chute à l'aide de ses mains. Sa tête atterrit sur le sol. Il sentit la terre lui rentrer dans la bouche. Il préféra rester assis.

Au-dessus de lui, il entendait des bruits de pas. Et des voix étouffées.

Il hésita à crier à l'aide. Mais à quoi bon ? Il était sûrement loin de tout, sinon ses ravisseurs lui auraient mis un bâillon. Non, tout ce qu'il réussirait à faire, ce serait d'énerver plus encore les types qui lui avaient fracassé le crâne.

Il préféra attendre.

Quelques minutes plus tard, il entendit les pas se rapprocher, puis la porte s'ouvrit. D'un seul coup, des néons blancs s'allumèrent au-dessus de sa tête. Il plissa les yeux le temps de s'habituer à la luminosité. Et vit deux hommes descendre l'escalier situé devant lui.

Les deux hommes qui l'avaient enlevé, manifestement. Deux véritables armoires à glace. Ils auraient pu affronter toute une équipe de rugby à eux deux.

Jérôme regarda autour de lui. La petite pièce dans laquelle il était retenu était presque vide. Quelques caisses en bois, dans l'angle opposé, près du robinet qui gouttait. Au milieu de la pièce, une chaise à l'armature métallique et avec une assise en bois, comme dans les salles de classe. Au-dessus de sa tête, un plafond en briques voûté ou étaient accrochés les deux longs tubes de néon qui bourdonnaient en continu.

Arrivés à sa hauteur, les deux hommes le saisirent par les épaules, chacun de leur côté. Jérôme se laissa faire. Ils le guidèrent jusqu'à la chaise. Et le lâchèrent dessus, sans ménagement. Puis il attachèrent ses jambes aux pieds de la chaise.

Un troisième homme fit alors son apparition en haut de l'escalier, dans l'encadrement de la porte. Pas du tout le même style que les deux autres. Plutôt petit, moins d'un mètre soixante-dix à première vue. La carrure d'un gringalet. Plus âgé, aussi. Il devait avoir la soixantaine. Des cheveux blancs, et une fine moustache impeccablement taillée. Il portait un costume gris sombre à rayures.

Il descendit calmement l'escalier, et se planta en face de Jérôme. Il le regarda quelques secondes sans rien dire, puis lâcha :

— Alors, monsieur Leblanc, tout se passe bien ? Vous n'avez pas trop mal à la tête j'espère ? Vous avez une sacrée bosse j'ai l'impression.

Il reconnut immédiatement sa voix. C'était celle d'Alain Bouchet, le soi-disant client qui l'avait attiré dans ce piège. Il poursuivit :

— Oui, c'est bien moi, monsieur Leblanc. Je me suis dit que nous serions mieux pour parler ici, plutôt que dans l'immeuble où je vous avais donné rendez-vous. Vous ne m'en voudrez pas trop, j'espère. Mais voyez-vous, ici le quartier est calme, très calme. Oh, c'est bien simple, le voisin le plus proche habite tellement loin que, même s'il se mettait à crier dans sa cave, on ne l'entendrait pas. Si vous voyez ce que je veux dire.

Dans quelle histoire s'était-il encore fourré ? Mais ce n'était pas le moment de laisser paraître son inquiétude. Il répondit simplement :

— Et si vous me disiez ce que vous voulez, exactement ?

— Monsieur Leblanc, je sais que votre entreprise de conseil en informatique est une couverture. Je sais que vous travaillez pour les services secrets.

Ce n'était pas tout à fait vrai. La DGSI faisait partie de ses clients les plus fidèles, oui, mais rien de plus.

— Je pense qu'on vous a mal renseigné. Je ne sais pas qui vous a dit ça, mais il s'est bien moqué de vous.

L'homme sourit et dit :

— Ne me prenez pas pour un imbécile, monsieur Leblanc. Je suis très bien renseigné, au contraire. Je sais que vous êtes responsable de l'interpellation d'Antoine Charbonnel.

Jérôme fit marcher sa mémoire. Antoine Charbonnel... Oui, il se rappelait très bien de cette histoire. Un homme impliqué dans un attentat visant le préfet et le ministre de l'Intérieur. Il s'était infiltré dans l'agence de détectives privés où travaillait Laura à l'époque. Et Jérôme avait aidé à déjouer l'affaire. Le RAID était intervenue et avait abattu l'homme en question.

Laura... Où était-elle à l'heure actuelle ? Jérôme ne savait pas quelle heure il était, il ne savait pas combien de temps il était resté inconscient. Était-ce le jour où la nuit ? Après son entretien avec son faux client, il était censé la rejoindre. Elle était forcément en train de se demander où il était. Pourvu qu'elle ne parte pas à sa recherche et qu'elle ne se jette pas elle-même dans la gueule du loup...

Comme s'il lisait dans ses pensées, le vieux à la moustache dit :

— Oh, au fait, j'ai trouvé ça dans votre poche.

Et, ce disant, il sortit de sa veste le téléphone de Jérôme et dit :

— Une certaine... Laura cherchait à vous joindre. Elle vous a envoyé un message. Vous aviez rendez-vous apparemment.

Il leva alors les yeux vers Jérôme et demanda sur un ton faussement naïf :

— Laura, Laura... Mais dites-moi, ce ne serait pas la

fameuse « Laura Chapuis », celle qui travaillait avec vous au moment de l'arrestation de Charbonnel ? Tiens donc... Enfin, elle ne devrait pas tarder à nous rejoindre, je lui ai donné rendez-vous dans vos locaux de Global Consulting. J'espère que ça vous fait plaisir ?

Jérôme se leva brutalement malgré ses jambes entravées et tenta de donner un coup de tête au vieux à la moustache. Les deux sbires se jetèrent sur lui et le forcèrent à se rasseoir. Le vieux n'avait pas cillé.

— Un peu de patience, monsieur Leblanc. Elle sera bientôt parmi nous. Je suis sûr que vous répondrez gentiment à toutes nos questions, à ce moment-là.

La pluie s'était à peu près calmée quand Laura arriva dans la rue où étaient situés les locaux de Global Consulting. Il ne tombait plus qu'un léger crachin désormais. Mais pas question de se garer à des kilomètres. C'était le genre de pluie fine qui n'a l'air de rien mais qui vous trempe jusqu'aux os.

Elle roula au pas, et trouva une place à quelques mètres de l'immeuble. Coup de bol. Elle remonta la fermeture éclair de sa parka, mit sa capuche sur sa tête, et se précipita dehors.

En verrouillant les portes de sa voiture, elle releva machinalement la tête vers l'étage du bureau de Jérôme. La lumière était allumée. Jérôme était encore là.

Elle fit quelques pas et réfléchit. Quelque chose n'allait pas.

Jérôme n'allumait jamais la grande lumière quand il restait au bureau, tard le soir. Il utilisait toujours sa lampe de bureau. Il préférait l'ambiance tamisée, disait-il. Alors pourquoi avoir allumé le plafonnier ?

Et puis, ce message qu'il lui avait envoyé était étrange. Très impersonnel. Il lui arrivait d'être froid, surtout quand il était au boulot, mais là ce n'était pas son style habituel. Le Jérôme qu'elle connaissait se serait excusé d'être, pour une fois, en retard.

Devant l'entrée de l'immeuble, une voiture était garée. Elle jeta un bref coup d'œil en coin à l'intérieur. Deux types, assis à l'avant, qui fixaient la porte du bâtiment.

Laura passa devant la porte et poursuivit son chemin, comme si de rien n'était. Une fois arrivée au bout de la rue, elle tourna à droite et pressa le pas.

Les deux types ne s'étaient apparemment rendus compte de rien.

Elle continua d'avancer, marchant aussi vite qu'elle le pouvait sans courir, et prit une autre rue, au hasard, et encore une autre. Elle se sentait un peu plus en sécurité désormais. Elle prit son téléphone et envoya un nouveau message à Jérôme :

« Coucou, en fait je suis super à la bourre, je suis même pas encore partie, là. On se retrouve plutôt directement à ton appart d'ici une demi-heure ? Te presse pas si tu es toujours au bureau, cette fois j'ai pensé à prendre le double des clés ! Je t'attendrai. Bisous. »

Quelques secondes plus tard, elle reçut la réponse. Elle sentit sa gorge se serrer en lisant :

« D'accord, attends-moi à l'appart alors. »

Laura n'avait pas les clés de chez Jérôme. Il ne les lui avait pas encore données.

Donc ce n'était pas lui qui lui avait répondu.

Il était en danger. Et elle ne savait pas quoi faire pour l'aider.

LE VIEUX à la moustache sortit une fois encore le téléphone de Jérôme de sa poche. L'appareil venait de vibrer, ce qui voulait dire que quelqu'un, probablement Laura, avait envoyé un message. Bon sang, elle était en danger, et Jérôme ne savait pas quoi faire pour l'aider.

Le vieux regarda le message, l'air contrarié, réfléchit quelques secondes, et tapa une réponse. Puis il rangea le téléphone et dit à Jérôme :

— Finalement, votre petite amie va avoir un léger contretemps. Mais elle ne devrait pas tarder à nous rejoindre.

Puis il prit un autre téléphone, s'éloigna de quelques mètres, composa un numéro, et dit dans l'appareil :

— Changement de lieu de rendez-vous. La demoiselle sera au domicile de monsieur Leblanc dans une demie-heure environ. Pas la peine de rentrer dans le bâtiment en avance cette fois. Elle sera à l'intérieur. Patientez devant l'im-meuble, attendez qu'elle monte, laissez-lui deux ou trois minutes et, une fois qu'elle est dans l'appartement, allez la cueillir gentiment. Gentiment ! Ne l'abimez pas tout de suite s'il vous plait. Laissez monsieur Leblanc profiter du spec-tacle. C'est sa petite amie, après tout.

Et, ce disant, il se tourna vers Jérôme, un sourire sadique aux lèvres.

Mais Jérôme lui-même réprima un sourire. Parce que Laura avait compris qu'il y avait un problème. Elle n'avait pas les clés de chez lui. Elle venait de piéger le vieux à la moustache, et il était tombé dedans sans même s'en rendre compte.

Son amie était probablement tirée d'affaire.

Mais, pour lui, rien de bon ne s'annonçait. Laura ne savait pas où il était. Elle ne pouvait donc pas lui venir en aide. Et, quand ils allaient comprendre qu'elle s'était jouée d'eux, ils allaient être en colère.

Le vieux à la moustache rangea son téléphone, et s'approcha de nouveau de Jérôme. Il colla presque son visage au sien. Puis il dit, d'une voix douce mais avec des yeux d'une cruauté indescriptible :

— Bon, monsieur Leblanc, gagnons-donc un peu de temps. Votre petite amie sera avec nous d'ici une heure, une heure et demie tout au plus. C'est le temps qu'il vous reste pour vous décider. De deux choses l'une. Soit vous répondez clairement à mes questions, et, quand vous vous retrouverez tous les deux, je vous promets une mort sans douleur. Soit vous refusez, ou vous éludez, ou vous essayer de me mentir, et là... Non, si jamais cela arrivait, je n'aimerais pas être à la place de votre petite amie, croyez-moi.

Jérôme déglutit.

Il était prêt à leur dire tout ce qu'ils voulaient. Le problème, c'est qu'il n'avait rien à leur dire. On ne lui avait évidemment communiqué aucune information concernant la tentative d'attentat visant le ministre et le préfet. Rien.

Mais ce n'était pas une réponse que le vieux à la moustache était prêt à entendre.

Les heures à venir n'allaient pas être de tout repos.

De retour dans sa voiture, Laura enleva sa parka et fit rapidement le point.

La voiture garée devant Global Consulting était repartie désormais. Cela voulait dire que les types qui l'attendaient étaient partis en direction de chez Jérôme.

Plusieurs solutions se présentaient à elle.

Elle pouvait contacter la police. Ils iraient trouver les deux hommes sur place, les arrêteraient, et les interrogeraient pour savoir où son ami était retenu prisonnier.

Mais combien de temps cela prendrait-il ? Et s'ils refusaient de parler ? Et si, tout simplement, les ravisseurs de Jérôme se doutaient de quelque chose en ne voyant pas les deux hommes revenir avec Laura ? Non, il fallait trouver autre chose.

Seulement, l'autre solution ne lui plaisait pas vraiment. L'autre solution, c'était de se jeter dans la gueule du loup. Elle irait chez Jérôme, se laisserait enlever, comme si de rien n'était. La police serait en embuscade et suivrait les ravisseurs, qui guideraient sans le savoir les agents à l'endroit où se trouvait Jérôme.

Mais rien ne disait que la police accepterait ce plan. Et si les choses tournaient mal ? Si les deux types se contentaient de tuer Laura sur place ? Rien ne disait qu'ils avaient prévu de l'enlever, elle aussi.

Et puis, maintenant qu'elle y pensait, rien ne prouvait que Jérôme lui-même était encore vivant... Cette pensée la fit frémir.

Bon. Dans tous les cas, il fallait appeler la police. Elle espérait qu'elle arriverait rapidement à expliquer la situation, et qu'ils arriveraient dans les plus brefs délais.

Jérôme avait des amis dans la police, ils avaient déjà aidé Laura à plusieurs reprises. Mais elle n'avait pas leurs coordonnées personnelles. Elle appela le commissariat où il étaient affectés, en espérant qu'ils seraient de service, et tomba sur une dame aussi aimable qu'une porte de prison.

— Police nationale, j'écoute.

— Bonjour madame, j'aurais voulu parler au major Declercq ou au brigadier Dubuis.

La femme au bout du fil soupira ostensiblement, comme si Laura venait de commettre le pire des affronts en lui demandant un service.

— Le brigadier Dubuis n'est pas en service aujourd'hui, et le major Declercq est en intervention. C'est à quel sujet ?

Laura leva les yeux au ciel. Il allait falloir tout expliquer dans le détail, et vu l'amabilité de son interlocutrice, ça n'allait pas être une mince affaire.

❧

Au dessus de Jérôme, à l'intérieur de la cave humide, le néon continuait de bourdonner. C'était un bruit continu, mais il avait l'impression de l'entendre de plus en plus fort. De plus en plus oppressant.

Face à lui, sous la lumière crue, le visage cruel du vieux à la moustache. Il fixait Jérôme, sans rien dire. Depuis combien de temps n'avait-il pas cillé ? Cet homme était une véritable machine. Une machine à tuer.

À côté de Jérôme, il n'y avait plus qu'une des deux armoires à glace. L'autre était remonté, chercher quelque chose apparemment.

En haut de l'escalier, la porte s'ouvrit. L'armoire à glace était de retour. Il avait une chaise dans sa main gauche, identique à celle sur laquelle Jérôme était assis. Il descendit les marches, qui grincèrent l'une après l'autre sous son poids. Puis il posa la chaise auprès du vieux à moustache, qui s'installa dessus, sans quitter Jérôme du regard. Il s'étira, fit craquer ses doigts, fit un sourire sadique, et dit :

— Bien, monsieur Leblanc, première question. Quel est le mot de passe de votre ordinateur ? Un de mes hommes tente d'accéder au contenu de vos disques durs depuis tout à l'heure et il n'y parvient pas. J'aurais dû m'en douter pourtant ! Un soi-disant consultant en sécurité informatique comme vous, ça sait sécuriser son parc informatique. Alors ?

Jérôme donna son mot de passe sans hésiter. Le vieux sortit son téléphone, le nota, sembla l'envoyer par message à ses complices restés sur place, et dit :

— Bien ! Vous voyez que vous savez être raisonnable. Maintenant, avançons un peu. Je vais vous le demander encore une fois. Que savez-vous sur notre organisation, Faction Combat ?

— Rien, je vous l'ai déjà dit, je ne sais rien. Tout ce que je sais, c'est que Charbonnel était lié à cette histoire d'attentat, et que Laura était en danger. C'est tout. C'est tout ce que je sais.

— Quel histoire d'attentat ? Vous parlez d'une histoire d'attentat, donc vous savez qu'il y avait une histoire d'attentat. Qu'est-ce que vous savez à ce sujet ? Dites-moi tout !

Sa voix se faisait plus dure encore. Jérôme ne savait pas quoi faire. Inventer quelque chose ? Non, le vieux penserait qu'il se moquait de lui. Ce serait pire que tout. Il fallait qu'il gagne du temps.

— Je sais que c'est un attentat qui visait le préfet et le ministre de l'Intérieur. Que Charbonnel le surveillait, qu'il avait fait appel au directeur de l'Agence, qui était complice, et qu'un autre détective de l'Agence, qui s'appelait Morin si je me souviens bien, s'est retrouvé mêlé à l'histoire malgré lui. C'est lui d'ailleurs que la police a repéré en premier, sur les images de vidéosurveillance et...

— Bien, l'interrompit-il, vous acceptez de coopérer. On progresse. Lentement, mais on progresse.

Le vieux se recala sur sa chaise. Le bois grinça. Il poursuivit :

— Vous parlez de la police. Dites-nous où en est l'enquête. Vous n'avez pas pu interroger Charbonnel vu qu'il a été abattu. Mais le directeur de l'Agence, lui, qu'est-ce qu'il vous a dit au juste ?

— Mais, enfin... Je n'en sais rien ! Puisque je vous dis que je ne fais pas partie de la police, des services secrets ou je ne sais quoi ! Je fais du conseil en sécurité informatique ! C'est ça mon travail. Ça et rien d'autre. Alors, oui, j'ai des contacts à la DGSI, parce qu'ils s'intéressent à ce que je fais, évidemment. Mais ce sont des clients comme les autres ! Fouillez dans mes données informatiques, maintenant que vous avez le mot de passe. Vous allez voir. Vous n'allez rien trouver.

Le vieux se recula.

— Je ne demande qu'à vous croire, monsieur Leblanc. Je serais déçu si c'était le cas, car nous avons placé de grands espoirs en vous. Nous espérions que vous nous donneriez des informations utiles, voyez-vous. Et là, j'ai juste l'impression que vous n'allez nous servir à rien. Mais comment être sûr que vous dites la vérité ?

Il hocha la tête et ajouta :

— Franchement, si vous me mentez, c'est vraiment le moment de changer d'attitude, parce que vous n'allez pas aimer la suite. Et, si vous ne me mentez pas, j'en suis désolé d'avance, mais il va falloir réussir à m'en convaincre, et vous n'allez pas aimez mes méthodes. Et votre petite amie non plus, quand elle nous rejoindra.

Jérôme secoua la tête, dépité.

— Je n'ai rien d'autre à vous dire.

Le vieux soupira. Il se tourna vers une des armoires à glace et dit :

— Igor, va chercher ton matériel.

Toujours assise dans sa voiture, alors que la pluie tambourinait sur le toit de son véhicule, Laura raccrocha rageusement son téléphone.

La policière au bout de la ligne avait refusé de l'aider. « Vous vous faites des idées ! Ces deux hommes que vous avez vus ne sont pas des ravisseurs ou je ne sais quoi, ce sont des quidams comme vous et moi. Vous avez trop d'imagination madame ! Toutes nos unités sont occupées pour le moment, nous n'avons pas de temps à perdre avec vos histoires ! Si votre petit ami vous a envoyé un message disant qu'il était au bureau, c'est qu'il est au bureau ! Rendez-vous là-bas, vous verrez. Et si vraiment il n'y est pas, s'il a vraiment disparu, rappelez-nous à ce moment-là ! » Voilà, en substance, ce qu'elle lui avait répondu.

Jérôme n'allait pouvoir compter que sur Laura. Elle allait devoir prendre les choses en main.

En haut, dans le bureau de Jérôme, la lumière était toujours allumée. La voiture était repartie, mais restait-il encore quelqu'un là-haut ? Probablement pas, mais elle ne pouvait pas en être certaine non plus.

En tout cas, elle n'avait plus le choix. Il fallait qu'elle passe à l'action. Elle n'avait pas les clés de chez Jérôme, mais elle avait les clés des locaux de Global Consulting. Elle travaillait là, après tout.

Elle remit sa parka encore trempée sur son dos, enfouit à nouveau sa tête sous sa capuche, sortit sous la pluie battante, et se précipita à l'intérieur de l'immeuble.

Dans le hall plongé dans l'obscurité, elle reprit son souffle. Personne ne l'avait tuée, personne ne l'avait kidnappée.

Elle tendit l'oreille. Le bâtiment était désert à cette heure-ci. La loge du gardien, au rez-de-chaussée, était vide. L'immeuble abritait plusieurs entreprises, et apparemment tout le monde était reparti depuis belle lurette.

Elle était seule. Enfin, s'il n'y avait pas un ravisseur tapi dans l'ombre, attendant sagement qu'elle tombe toute seule comme une grande dans le piège qu'elle était elle-même en train de se tendre.

Elle grimpa les étages quatre à quatre, aussi silencieuse-ment que possible, et sans allumer la lumière.

Arrivée au troisième étage, elle s'arrêté devant le local de l'entreprise de Jérôme. Un rai de lumière était visible sous la porte fermée. Dans sa poitrine, son cœur battait la chamade.

Elle tenta de se reprendre, expira longuement, et colla son oreille contre la porte.

Aucun bruit suspect.

Bon. C'était l'heure de vérité. Elle appuya sur la poignée. La porte s'ouvrit.

Elle fit le tour de la grande pièce du regard. Personne à l'intérieur. Les ravisseurs étaient bel et bien repartis.

Elle fit un pas sur le vieux parquet, qui se mit à grincer.

Elle s'apprêtait à avancer encore, mais se figea net.

Sur le dossier du fauteuil qui lui faisait face, un manteau était posé. Ce n'était pas celui de Jérôme.

Et, sur le bureau, près du fauteuil, juste en face de l'ordinateur allumé, un revolver était posé.

Il était inconcevable que les hommes qui voulaient l'enlever aient laissé tout ça derrière eux.

Cela voulait dire que quelqu'un était encore présent ici.

Son cœur se remit à cogner fort dans sa poitrine.

Le propriétaire de l'arme n'était pas dans la pièce principale. Cela voulait dire qu'il était soit dans la petite salle d'à côté, soit aux toilettes. Ou bien caché juste derrière elle, sur le point de lui bondir dessus.

À ce moment-là, elle entendit le bruit de la chasse d'eau dans la pièce juste à côté. Puis des bruits de pas.

Ce n'était plus le moment d'hésiter. Elle courut. Saisit l'arme. L'empoigna.

La porte s'ouvrit. Un homme immense, très sec, au visage émacié, lui faisait face. Elle pointa son arme vers lui.

Il resta planté là. Son regard passait de l'arme au visage de Laura, en une sorte de ballet incessant. C'était comme s'il était en train d'évaluer ses chances. Il était à moins de trois mètres d'elle.

Mais Laura savait tirer. Elle savait tenir une arme. L'homme sembla s'en rendre compte et estimer qu'il était plus prudent de ne pas tenter le diable.

Il leva lentement ses deux mains en l'air et resta figé, attendant la suite, le visage impassible. Il ne fallait pas perdre de temps. Laura demanda :

— Où est Jérôme ?

Le type au visage émacié eut un sourire en coin. Il secoua la tête, comme si Laura venait de demander la chose la plus stupide au monde. Elle resserra sa prise sur l'arme et ajouta :

— Je le retrouverai avec ou sans votre aide. Vous avez plus à y perdre que moi.

— Je ne sais pas où ils sont.

— Vous vous fichez de moi ?

— Non, je sais juste qu'ils l'ont emmené quelque part, pour l'interroger.

— Qui ça, « ils » ?

Il sembla hésiter à répondre. Puis dit :

— Le groupe Faction Combat.

Elle réfléchit quelques secondes et dit avec assurance :

— C'est vous qui avez essayé de tuer le préfet.

Il ne répondit rien.

— Jérôme. Qu'est-ce que vous lui voulez ?

— Il a des infos. On essaie de savoir quoi. Le chef est en train de l'interroger. Je ne sais pas où. Moi, mon job c'est de récupérer tout ce que je peux sur les disques durs.

— Et moi ? Pourquoi il y avait des gens dans la voiture en bas, qui m'attendaient ?

— Ils étaient censés vous cueillir quand vous arriveriez. Et vous amener sur place. Vous avez réussi à les semer apparemment. Bien joué.

Une sonnerie retentit soudain dans son dos. Elle sursauta, avant de se ressaisir. C'était un téléphone, posé sur le bureau, près du clavier.

Tout en gardant le type en joue, elle s'approcha du téléphone qui continuait de sonner, regarda l'écran d'un bref coup d'œil et demanda :

— C'est qui ce « Pierre Hébert » qui cherche à vous joindre ?

— C'est le chef.

Elle recula de quelques pas, le gardant toujours dans sa ligne de mire, et dit :

— Répondez. Mettez le haut-parleur. Et faites attention à ce que vous dites.

Il s'exécuta. S'avança lentement, prit le téléphone, et décrocha :

— Oui ?

La voix d'une homme assez âgé, de l'autre côté du téléphone, répondit :

— Tu en es où ?

— J'ai pu accéder à l'ordi avec le mot de passe que vous m'avez donné. Je suis en train de fouiller les disques. Mais il y a des tonnes de fichiers là-dessus ! J'en ai pour des heures. Et dans les pièces à côté j'ai trouvé des tas de disques durs externes. J'ai pas encore eu le temps de regarder ce qu'il y avait dessus.

— Bon, dit le vieux, rappelle-moi dès que tu trouves quelque chose. Attends... Non, j'ai une meilleure idée. Ramène tout, l'ordi, et tous les disques durs que tu pourras. Ramène-les ici. Leblanc va nous aider à trouver ce qu'on cherche.

Laura se sentit soudainement soulagé. Jérôme était vivant. Mais elle n'en laissa rien paraître. À la place, elle haussa les sourcils en fixant l'homme du regard. Il savait où Jérôme était retenu prisonnier. Il lui avait menti, elle n'aimait pas ça et elle voulait le lui faire comprendre. Il bégaya dans le combiné :

— Euh... Où... où ça ?

— T'es con ou quoi ? À l'entrepôt abruti ! Pas là peine

d'attendre tes deux petits camarades, si c'est ce que tu veux savoir. Ils attendent la femme. Ils reviendront avec elle. Allez, dépêche-toi !

Il raccrocha, posa le téléphone et remit les mains en l'air. Laura lui demanda :

— Donnez-moi l'adresse de l'entrepôt.

Il eut un sourire froid, et secoua la tête.

— Non.

Quelque chose changea dans ses yeux. Une assurance qu'il n'avait pas eu jusqu'alors. C'était comme s'il défiait Laura du regard.

Il baissa les mains et dit d'un ton déterminé :

— Je suis un combattant. Je me battrai jusqu'à la mort.

Et il se jeta sur Laura.

L'ARMOIRE à glace qui s'appelait Igor redescendit l'escalier, lentement, en prenant soin de ne pas chuter dans l'escalier. Il avait une sorte de boîte métallique dans les mains. Un cube de vingt centimètres de côté environ, qui semblait peser son poids vu la manière dont il la tenait. Deux câbles étaient branchés sur la boîte.

Jérôme blêmit. Il venait de comprendre le traitement que le vieux à la moustache allait lui réserver. Ce dernier lui confirma son intuition :

— Regardez, monsieur Leblanc, vous connaissez ce genre d'appareil ? Un générateur électrique. Une « gégène », pour les intimes.

Igor était en bas de l'escalier désormais. Jérôme voyait mieux l'objet. C'était une sorte de caisse en métal vert. En plus des deux fils électriques qui en sortaient, il vit une petite manivelle.

Le vieux continua sa description. Jérôme pouvait lire la

passion et l'excitation dans son regard. C'était un véritable malade mental.

— C'est une véritable pièce de musée, vous savez. Elle date de la guerre d'Algérie. Elle a été utilisée par l'armée française, oui, monsieur Leblanc. Pour faire parler les terroristes. Et aujourd'hui, ce sont les terroristes qui vont faire parler les agents de l'État, sacré ironie du sort, vous ne trouvez pas ?

Un sourire sadique se dessina à nouveau sur ses lèvres. Jérôme ne dit rien. Au fond de la pièce, brisant le silence, le robinet continuait de goutter.

L'attitude sur le visage d'Igor, l'armoire à glace, avait changé elle aussi. Lui qui était resté stoïque depuis le début de l'interrogatoire semblait tout excité par les événements à venir. Le vieux lui dit :

— Bien, Igor, tu peux procéder.

Il posa sa main sur le col de Jérôme, qui se raidit en sentant le contact de cette pogne énorme. Igor commença alors à déboutonner, lentement, la chemise de son prisonnier. Il prenait bien son temps, semblant savourer la terreur qui gagnait peu à peu Jérôme.

L'HOMME au visage émacié venait de se jeter sur Laura. Il était à cinq mètres à peine d'elle, ce qui lui laissa tout juste le temps de réagir.

Sans hésiter, elle appuya deux fois sur la détente. Un bruit assourdissant déchira le silence qui régnait dans l'immeuble.

L'homme s'effondra au sol.

Il était encore conscient. Il se tenait le ventre, tentant de colmater ce qui ressemblait à une plaie béante au niveau de son abdomen. Il respirait péniblement.

Il regarda Laura. Tenta de se redresser.

Laura le tenait toujours en joue. Elle savait que la police n'allait pas tarder à arriver, maintenant. Quelqu'un allait forcément les appeler, après avoir entendu les coups de feu. Et puis, l'homme n'était pas en état de faire quoi que ce soit maintenant.

Mais ce n'était pas le moment de baisser la garde.

L'homme s'appuya sur le bureau, luttant de toutes ses forces pour se redresser. Et prit son téléphone.

Il allait appeler ses complices.

Laura s'approcha de lui, et donna un grand coup de pied dans l'appareil, qui vola à travers la pièce.

L'homme s'effondra. Des yeux sans vie fixaient la jeune femme désormais. Il baignait dans une mare de sang. En tentant de se relever, il avait aggravé sa plaie. Il était probablement déjà mort.

Elle se précipita vers le téléphone et le ramassa. Il avait eu le temps d'appuyer sur le bouton de rappel. De rappeler le dernier numéro. Celui de Pierre Hébert. Le vieux qui tenait Jérôme en otage.

Au bout du fil, on n'avait pas encore décroché.

Elle raccrocha immédiatement. Pourvu que le vieux ne se soit rendu compte de rien.

Moins de cinq secondes plus tard, le téléphone se mit à sonner. Le nom de Pierre Hébert apparut.

— Merde !

Elle laissa l'appareil sonner dans le vide, prit son propre téléphone, et appela la police.

Peut-être que, maintenant, on la prendrait enfin au sérieux.

L'armoire à glace qui s'appelait Igor venait tout juste de finir de déboutonner la chemise de Jérôme quand le téléphone du vieux à la moustache se mit à sonner. Deux secondes, pas plus. Cela sembla surprendre le vieux, ainsi que le tortionnaire, qui marqua une pause pour regarda son chef.

Jérôme souffla, profitant du répit que le destin était en train de lui accorder. Il respira lentement, tentant de ralentir les battements de son cœur qui commençait à s'emballer.

Le vieux semblait contrarié. Il composa un numéro, porta l'appareil à son oreille, attendit quelques secondes, puis raccrocha.

Tout en composant un autre numéro, il dit pour lui-même, d'un ton rageur :

— Qu'est-ce qu'il fout ce con !

L'armoire à glace poursuivit sa besogne. Il ramassa l'un des fils qui sortaient de la gégène, et colla une électrode sur le torse de Jérôme, tout en prenant bien son temps. Pendant ce temps, le téléphone à l'oreille, le vieux dit :

— Oui, vous en êtes où tous les deux ? La femme n'est toujours pas arrivée ? Ce n'est pas normal... Il y a un problème aussi avec Léo. Il vient d'appeler, mais il a raccroché avant que je réponde. Et maintenant, il ne décroche plus. Allez voir ce qui se passe.

Igor prit dans son énorme paluche la manivelle de la gégène. Elle semblait minuscule dans sa main. Il se mit à la faire tourner. Jérôme se crispa, même s'il savait que rien ne pouvait se passer. L'autre électrode n'était pas encore collée à son corps.

Mais l'appareil se mit à émettre un bruit sinistre. Un bruit de moteur qui tourne en surrégime.

Le tortionnaire avait le sourire jusqu'aux oreilles désormais, mettant en évidence ses dents gâtées. Jérôme tenta de ne pas se laisser impressionner.

Le vieux, lui, ne semblait plus aussi serein qu'auparavant. Il tenait le téléphone de Jérôme dans sa main droite, et tapait un message, sans doute à Laura, pour savoir où elle était. De l'autre main, il tenait son propre téléphone, et jetait des regards nerveux sur l'écran en même temps qu'il écrivait son message.

Igor posa la deuxième électrode sur le bas du ventre de Jérôme, qui sentait tous ses muscles se contracter, de terreur.

Il tentait de ne pas le montrer. Pas envie de faire plaisir à ces sadiques. Mais c'était de plus en plus difficile de résister à la panique qui l'envahissait.

Il vit le vieux ranger le téléphone de Jérôme dans sa poche, puis composer un numéro, à nouveau, à partir du sien. Pas de réponse. Il renouvela l'opération, sans plus de succès. Il semblait presque aussi nerveux que Jérôme.

Alors qu'Igor venait de prendre la manivelle en main, s'apprêtant à l'actionner, le vieux lui dit :

— Laissez tomber. Il y a un problème. On dégage.

Il regarda l'autre armoire à glace, celle qui était restée derrière Jérôme depuis le début :

— Serguei, tu viens avec moi.

Serguei se rapprocha du vieux, qui regarda Igor et dit :

— Igor, désolé, tu feras joujou une prochaine fois. On n'a plus le temps. Tue-le, fais tout cramer, et rejoins-nous après.

CINQ MINUTES à peine après son coup de fil à la police, Laura entendit des pas lourds dans l'escalier. Le fait d'avoir parlé de Faction Combat au téléphone avait très vite changé la donne.

En quelques secondes, les locaux de Global Consulting se remplirent de policiers encagoulés et à l'attitude volontaire, arme au poing. Laura ne savait pas si elle devait pani-

quer ou être rassurée. Avaient-ils été briefé correctement ?
Allaient-ils la prendre pour une des terroristes ?

Un des agents s'approcha d'elle et demanda :

— Vous êtes Laura Chapuis ?

Pendant qu'elle répondait par l'affirmative, deux agents
se précipitèrent sur le corps sans vie du terroriste, au sol, et
d'autres encore firent le tour des locaux.

Celui qui venait d'interroger Laura désigna le portable
sur le bureau et demanda :

— C'est le téléphone de l'individu au sol ?

— Oui, dit-elle d'une voix tremblante.

Elle se sentait fébrile. Elle ne comprenait pas elle-même
comment elle faisait pour ne pas avoir déjà craqué
nerveusement.

L'homme prit délicatement le portable et le tendit à un
autre agent. Puis il prononça quelques mots inintelligibles
dans un talkie walkie, et dit d'un ton qui ne souffrait pas la
discussion :

— Suivez-moi.

Elle suivit le policier au visage masqué dans l'escalier,
sortit de l'immeuble, et monta à l'arrière d'une camionnette
blanche banale.

À l'intérieur, deux hommes étaient assis sur des chaises
à roulettes, face à un écran d'ordinateur, casque sur les
oreilles, en train d'écouter dieu sait quoi. Et, à l'autre bout
du petit espace, un homme était assis. La cinquantaine, une
épaisse masse de cheveux blancs sur la tête. Très sec. Il
désigna une chaise vide et dit :

— Bonjour, madame Chapuis, je suis Simon Berthier.
J'ai déjà travaillé avec monsieur Leblanc. Asseyez-vous, je
vous en prie.

Laura était beaucoup trop nerveuse pour s'asseoir. Elle
dit :

— Il faut absolument retrouver Jérôme, je vous en prie ! Il est retenu en otage je ne sais pas où et...

— Ne vous inquiétez pas, nous sommes déjà en train d'analyser le téléphone du terroriste qui a essayé de vous tuer. Il était en contact avec le ravisseur de monsieur Leblanc il y a quelques minutes, n'est-ce pas ?

— Oui.

— Alors, nous allons réussir à savoir depuis quel endroit précis il a appelé.

Le calme olympien de cet homme était impressionnant. Sa décontraction, malgré la gravité de la situation, en était presque communicative. Laura se sentait rassurée en sa présence. Pendant qu'elle acceptait enfin de s'asseoir, il ajouta :

— Sachez aussi que nous avons déjà interpellé les deux hommes qui faisaient le pied de grue devant chez monsieur Leblanc. Ce sont des hommes que nous recherchions depuis un bout de temps déjà. Madame Chapuis, sachez que nous vous devons une fière chandelle. Au fait, vous avez vu le nom de la personne qui a appelé votre agresseur, je suppose ?

— Oui, c'était Pierre quelque chose, Pierre... Hébert je crois.

Il hocha la tête.

— C'est le nom de code d'un homme très haut placé dans l'organisation. Ils seront déstabilisés si nous arrivons à lui mettre la main dessus.

Fébrile, elle demanda :

— Et... Et Jérôme, dans tout ça ?

Il hésita quelques secondes avant de répondre.

— Je ne vais pas vous mentir, madame. C'est une opération délicate qui est sur le point de se dérouler, et cela fait un moment qu'il est entre leurs mains. Je ne peux pas vous promettre que nous arriverons à temps pour le sauver.

LE VIEUX À la moustache et l'armoire à glace qui s'appelait Sergueï avaient quitté la cave humide. Il ne restait plus que Jérôme, transi autant de froid que de peur, toujours ligoté à sa chaise, la chemise grande ouverte, les deux électrodes posées sur son corps.

Et, face à lui, son tortionnaire, celui qui s'appelait Igor. Au fond de la pièce, le robinet gouttait encore.

Igor avait l'air presque déçu de ne pas pouvoir faire souffrir Jérôme. Mais ce dernier savait que la fin était proche pour lui. Dans un dernier effort pour conserver un minimum de dignité, il fit un sourire sarcastique à son tortionnaire et dit :

— Alors, Klaus Barbie, pas trop déçu de pas pouvoir faire joujou avec ta victime plus longtemps ?

— Ferme-la, dit-il en sortant un revolver de sa poche intérieure. Je vais te coller une balle en plein dans ta gueule d'ange, c'est pas grand-chose mais ça me fait quand même plaisir tu sais.

Et, ce disant, il mit Jérôme en joue. Il ne tira pas tout de suite. Apparemment, il prenait beaucoup trop de plaisir à voir sa victime paniquée, incapable de bouger, à sa merci. Il maintenait sa proie en vie, comme un chat, juste pour s'amuser.

Mais ça ne durerait pas longtemps, Jérôme le savait. Le chef d'Igor l'attendait. Ce n'était que l'affaire de quelques secondes désormais.

Jérôme ferma les yeux. Et attendit la mort.

Il entendit la détonation.

Et constata qu'il était encore en vie.

Il rouvrit les yeux, et vit le corps d'Igor au sol, inerte. De l'escalier descendaient une demie-douzaine de policiers encagoulés, armes au poing.

Au milieu de cette cave humide qui puait le moisi, torse nu, ligoté à une chaise, avec un cadavre à ses pieds, Jérôme ne put s'empêcher de rire. La vie était belle. Il n'était pas du tout pressé de mourir.

❧

Laura alluma la bougie rouge et la posa sur la coupelle, au milieu de la table. Parfum fruits rouges. Son préféré.

Autour d'elle, les guirlandes lumineuses étaient allumées un peu partout, et sur son lecteur de vinyles, un vieux 45 tours de blues rural du début du vingtième siècle était en train de tourner. Tout autour, des cartons, disposés un peu partout, en désordre. Elle n'avait pas encore fini d'emménager. Mais l'essentiel était déjà installé.

Son chat Patachon dormait comme un bienheureux, étendu de tout son long sur le canapé. Il prenait tellement ses aises qu'il occupait la moitié de la banquette à lui tout seul. Jérôme et Laura, eux, lovés dans les bras l'un de l'autre, devaient se contenter des quelques centimètres carrés que Patachon mettait généreusement à leur disposition.

Elle avait eu tellement peur de perdre Jérôme... Elle aurait voulu que ces instants, à deux, l'un contre l'autre, dans le confort de son nouveau foyer, durent éternellement.

Le nouvel appartement qu'elle occupait désormais disposait de deux chambres... Elle les imaginait déjà, heureux, vivant en couple, laissant les missions dangereuses loin derrière eux. Un enfant dans la petite chambre, et puis, plus tard, un deuxième enfant peut-être ? Non, c'était bien trop tôt pour penser à cela. Jérôme n'avait pas encore quitté son propre appartement. Ils ne vivaient pas ensemble. Pas encore. Mais, elle l'espérait, ça finirait par arriver.

— Au fait, dit-elle, demain soir j'ai invité Pauline. Elle

vient dîner. Je lui dois bien ça, avec tout ce qu'elle a fait pour moi.

Il répondit, sur un ton plein de sarcasme :

— Pauline... Ta meilleure amie, celle qui me déteste ?

— Oh, elle te déteste pas tant que ça, dit-elle sur le même ton. C'est juste que... Elle trouve qu'il m'arrive des trucs un peu dangereux depuis que je te connais.

— C'est vrai. En même temps, je pourrais dire la même chose. Avant de te connaître, ça m'arrivait jamais de me faire torturer dans des caves obscures.

— Eh ! Comme si c'était de ma faute !

— J'ai jamais dit ça. Je constate, c'est tout.

— Mouais.

Ils parlait de cela sur le ton de la plaisanterie, mais elle regrettait d'avoir abordé ce sujet. Elle savait que Jérôme essayait de laisser cette histoire derrière lui. Il n'avait pas voulu lui dire ce qui lui était arrivé exactement pendant qu'il était retenu prisonnier.

Elle n'avait pas su grand-chose de ce qui s'était passé pendant l'opération, d'ailleurs. Et Jérôme non plus, en fait. Affaire sensible, encore une fois.

Tout ce qu'elle savait, c'était que le fameux Pierre Hébert avait réussi à s'enfuir avant l'arrivée des policiers du RAID, ceux qui avaient libéré Jérôme, mais qu'il avait été arrêté quelques heures plus tard, alors qu'il tentait de passer la frontière belge. Et, suite à ce coup de filet, l'organisation avait été démantelée.

C'était en tout cas ce qu'elle avait lu dans les journaux. Cette histoire n'était plus qu'un mauvais souvenir désormais, et c'était bien ça le plus important.

La dernière chanson du disque venait de se terminer. Le tourne-disques crachota quelques instants, avant de s'arrêter. Laura se leva doucement, et alla retourner le vinyle. Une vieille guitare se mit à jouer, et une voix empreinte de tristesse et de mélancolie lui répondit.

En revenant s'asseoir, elle regarda par la fenêtre. La nuit était tombée sur la ville depuis longtemps. Une nuit claire, dégagée. Dans ce nouvel appartement, elle habitait juste au-dessus de la grand-place. Elle était tellement près qu'elle pouvait voir les visages des couples installés dans les nacelles de la grand-roue, qui avait été installée depuis peu.

Ils avaient l'air heureux.

LE SCRIBE ALLONGÉ

Alors qu'il déambulait dans l'immense pièce rectangulaire aux murs marron clair, Jérôme Leblanc se rendit compte que cela faisait des années qu'il n'avait pas mis les pieds dans un musée. Ce n'était pas son truc.

Depuis tout à l'heure, les salles s'enchaînaient, l'une après l'autre, à l'infini. C'était comme s'il était prisonnier d'un labyrinthe dont les murs étaient couverts de tableaux gigantesques. Un labyrinthe dans lequel il fallait évoluer lentement, le temps de bien détailler toutes les œuvres présentées aux visiteurs, sans en perdre une miette.

Laura et lui venaient d'entrer dans une pièce à l'entrée de laquelle était accroché un panneau indiquant « exposition temporaire : l'écriture et la Renaissance ».

La salle où se tenait l'exposition était bien plus grande que toutes les autres jusqu'à présent. Elle devait bien faire vingt mètres de long sur cinq de large. Au centre, des banquettes vert pomme étaient installées, pour permettre aux visiteurs exténués de s'installer, le temps de reprendre des forces avant de poursuivre la visite du labyrinthe.

Ce jour-là, seules quelques personnes âgées les occupait, comme ce petit vieux aux oreilles immenses , enfoncé sur le siège, penché en avant et appuyé sur sa canne, qui semblait perdu dans la contemplation d'un tableau, face à lui, qui représentait le Christ en train de porter sa croix. Ou ces deux petites vieilles, assises l'une à côté de l'autre, qui étaient en train d'échanger des ragots en chuchotant.

Au plafond, une immense verrière dans le style art déco aurait dû baigner les lieux d'une lumière naturelle, mais comme il pleuvait, on n'y voyait pas mieux que dans les autres pièces. Les gouttes de pluie qui tombaient sur les panneaux de verre résonnaient dans toute la salle.

Deux jeunes enfants couraient à travers la pièce, les échos de leurs rires couvrant à peine le bruit de la pluie. Dans un des coins, un gardien qui portait des rouflaquettes était assis sur une chaise pliante, sa casquette règlementaire vissée sur la tête, le regard perdu dans le vide, comme s'il était ailleurs.

Ça sentait le vieux bois et le renfermé. Cette salle ne devait pas être aérée bien souvent.

Non, si Laura, sa petite amie, n'avait pas insisté pour venir, Jérôme n'aurait sans doute jamais mis les pieds ici. Cela faisait vingt ans qu'il vivait dans cette ville, et c'était la première fois qu'il venait au Musée des Beaux Arts.

Si Jérôme aurait volontiers écourté sa visite, Laura, elle, avait l'air de passer un très bon moment. La jeune femme prit la main de Jérôme et l'entraîna vers un tableau.

— Regarde celui-là.

C'était un minuscule tableau, un carré de quelques centimètres de côté, représentant un homme âgé, avec une longue barbe, allongé sur une banquette, une plume à la main. Devant lui, sur une table, une feuille de papier était posée. Laura dit :

— C'est « Le Scribe allongé », une œuvre du Caravage qui a été récemment retrouvée au fin fond d'un grenier, chez un particulier. Le propriétaire ne savait même pas ce que ça valait, il a revendu ça pour une dizaine d'euros dans un vide-grenier. Je ne te raconte pas comment l'acheteur a fait une bonne affaire !

— J'imagine, dit Jérôme, d'un ton las.

— Attends, mais tu as vu cette toile un peu ! Cette utilisation de la lumière et de l'obscurité ! Et puis ce réalisme. On a l'impression d'y être. C'était révolutionnaire à l'époque, tu sais. Et on a vraiment de la chance de la voir ici, cette toile. C'est un collectionneur privé qui l'a achetée. C'est une des premières fois, je crois, qu'elle est exposée comme ça en public.

Jérôme regarda l'œuvre dans les détails. Il fallait bien reconnaître qu'il y avait quelque chose de fascinant, dans le regard du personnage, cet air à la fois concentré, désespéré, et las. Terriblement las. Comme si l'on venait de le forcer à visiter un musée interminable. Jérôme soupira. Laura s'en rendit compte et dit :

— T'en as marre, peut-être.

— Écoute, ça fait deux heures qu'on est ici, j'ai mal aux pieds, j'ai l'impression de voir tout le temps le même tableau partout, je suis désolé, tu sais, ce n'est pas fait pour moi les musées.

— Je comprends, dit-elle. C'est gentil de m'avoir accompagnée, en tout cas. Moi j'avais envie de venir ici avec toi. Maintenant c'est fait. On peut y aller, si tu veux.

Jérôme regarda dans l'angle de la pièce. Le gardien aux rouflaquettes s'était assoupi sur sa chaise. Juste au-dessus de lui, était accroché un panneau où était inscrit en blanc sur fond rouge : « pas de photos ». Jérôme sortit son téléphone de sa poche, le tendit à bout de bras, face à lui et à Laura, et dit :

— Attends, j'ai envie de faire un truc interdit.

— Ouah, dit-elle à voix basse en prenant la pause, un

selfie, carrément, j'ai l'impression de sortir avec le caïd du quartier quoi.

— Arrête de te moquer, franchement, une photo de moi dans un musée, c'est tellement rare qu'elle vaudra aussi cher que ton tableau avec le petit vieux allongé, là, dans quelques années.

Et, ce disant, ils s'installèrent juste à côté du tableau intitulé « Le Scribe allongé », et eurent le temps de prendre trois photos avant que le gardien ne sorte de sa torpeur et ne les interpelle :

— Hé ! Messieurs-dames ! Il est interdit de prendre les œuvres en photo !

Ils se mirent à rire, s'excusèrent auprès du gardien, et se dirigèrent vers la sortie.

Dehors, la pluie avait cessé de tomber, mais le ciel était encore chargé et des bourrasques de vent soufflaient. Pour se protéger du froid mordant, ils s'enroulèrent dans leurs manteaux. Pendant qu'ils se dirigeaient en hâte vers le salon de thé le plus proche, Jérôme pianota sur son téléphone et dit :

— Voilà, je t'ai envoyé les photos.

— Merci, dit-elle en sortant son portable à son tour.

Tout en continuant d'avancer face au vent, elle jeta un œil aux photos et dit avec un sourire :

— Elle est pas mal celle-là, t'as vu comme t'es beau ? En plus tu souris, on dirait presque que t'es content d'être là.

— C'est parce que j'étais avec toi.

D'un seul coup elle se figea, les yeux rivés sur l'écran de son téléphone. Jérôme lui demanda :

— Ça va Laura ?

— Oui, c'est que... Non, rien.

Elle rangea son téléphone et demanda :

— Tu fais quoi demain ?

Il soupira avant de répondre :

— Demain j'ai plein d'administratif à faire. Tu sais, tous les trucs que je laisse trainer jusqu'au dernier moment parce que ça me saoule ? Eh bien, c'est demain, le dernier moment. Pourquoi ?

— Non, rien.

Elle resta silencieuse tandis qu'ils continuaient d'avancer et dit finalement :

— Moi demain je crois que je vais retourner au musée. Y a encore plein de trucs que j'aimerais voir, mais je veux pas t'imposer ça.

Elle avait dit cela avec un de ces ravissants sourires dont elle avait le secret, mais Jérôme sentait bien qu'elle lui cachait quelque chose.

QUAND LAURA ARRIVA au Musée des Beaux Arts le lendemain en début d'après-midi, un immense soleil brillait au-dessus de la ville. L'air sentait le frais, comme s'il avait été nettoyé lors de la tempête de la veille. C'était une journée agréable. Il ne faisait vraiment pas un temps à s'enfermer dans un musée.

Et pourtant. Sur l'une des photos que Jérôme avait prises la veille, quelque chose avait intrigué Laura. Elle ne lui en avait pas parlé, parce qu'elle savait que ça ne l'intéressait pas. C'était tellement anodin. Et puis de toute façon, elle n'était pas tout à fait sûre d'elle. Non, il fallait qu'elle vérifie.

Ce jour-là, on avait beau être un mardi après-midi, le musée était plein d'enfants. Des groupes scolaires, apparemment. Ils étaient rassemblés, en grappes, autour de guides qui leur faisait une visite guidée. Mais, heureusement, la grande salle où se tenait l'exposition temporaire était presque vide.

Elle s'approcha de la toile représentant le scribe allongé, collant presque son nez au tableau.

Le personnage tenait une plume dans sa main gauche et s'apprêtait à écrire sur une feuille de papier, posée sur une petite table représentée dans le coin inférieur droit de la toile. La feuille en question, dont la blancheur sautait aux yeux, au milieu de cette scène plongée dans les ténèbres, était vierge. Le personnage n'avait encore rien inscrit dessus.

Sauf que, sur l'une des photos que Jérôme avait prises, Laura avait eu l'impression de voir du texte inscrit. Quelques caractères, illisibles malheureusement. D'une part parce que Jérôme se tenait à distance quand il avait pris la photo. Et aussi parce que la photo n'était pas très nette. C'était une photo volée, ils avaient dû la prendre en vitesse avant de se faire rappeler à l'ordre par le gardien.

Sauf que, ces caractères illisibles étaient bien présents sur la photo, mais pas sur la toile en elle-même. Était-ce un bug d'affichage ? Une erreur de traitement pendant la prise de la photo, une poussière devant l'objectif au moment de la prise de vue ? Non, ça ne ressemblait pas à une poussière, et une erreur de traitement n'aurait pas créé ce genre de phénomène.

Il y avait autre chose. Comme si quelque chose d'invisible à l'œil nu était inscrit sur cette toile.

Elle jeta un coup d'œil discret sur le côté. Le gardien qu'ils avaient vu la veille, celui qui portait des sortes de rouflaquettes complètement démodées, et qui les avait houspillés, était avachi sur sa chaise, les yeux dans le vague, à moitié endormi.

Elle pivota légèrement sur elle-même, de manière à lui tourner le dos afin qu'il ne puisse pas la voir, sortit discrètement son téléphone, l'orienta vers la toile, zooma sur la feuille de papier, et prit une photo.

Elle regarda le cliché qu'elle venait de prendre.

Rien. Rien que la page d'une blancheur immaculée, et la plume du scribe posée dessus, prête à écrire quelque chose.

Flûte. Donc elle s'était trompée. Elle s'était imaginé des trucs. Du genre, avoir découvert un secret caché dans une peinture vieille de plusieurs siècles. Mais il n'y avait rien.

Elle regarda à nouveau la photo prise par Jérôme. Elle avait quelque chose de spécial. Comme sur presque toutes ses photos. Une sorte de filtre, qui atténuait les couleurs, les rendant plus douces, et donnant un aspect presque onirique aux images. Peut-être que si elle utilisait le même filtre...

Elle alla s'asseoir sur la banquette en velours vert au milieu de la salle, face à l'œuvre du Caravage, et envoya un message à Jérôme :

« Coucou, dis, c'est quoi le filtre que tu utilises toujours sur tes photos ? »

Une minute après, elle reçut une réponse :

« Sur mon téléphone j'ai un capteur infrarouge. Quand je l'active ça permet d'avoir une atmosphère différente sur les photos. J'aime bien m'en servir. C'est de ça que tu parles ? »

Elle avait le même modèle que Jérôme. Elle regarda parmi les options de son téléphone, et trouva parmi les nombreux réglages possibles la case à cocher « activer le capteur infrarouge ».

Elle activa l'option, s'approcha à nouveau du tableau, et reprit la même photo que quelques minutes auparavant.

Elle regarda le cliché et, cette fois, ne put s'empêcher de sourire.

Elle n'était pas folle. Il y avait bien quelque chose sur cette toile. Quelque chose d'inscrit sur la feuille à côté du scribe. Quelque chose qui était invisible à l'œil nu, mais visible avec un capteur infrarouge. Quelques lignes d'un texte en latin, en caractères minuscules.

LES YEUX FIXÉS sur l'écran de son ordinateur professionnel, dans les locaux de Global Consulting, Jérôme soupira en se frottant les yeux. Il était en train de faire la comptabilité de son entreprise de conseil en sécurité informatique. De l'administratif. Sans aucun doute l'aspect de son travail qu'il détestait le plus au monde. Il sentait un début de migraine pointer le bout de son nez.

Il se leva, fit quelques pas sur le vieux parquet en en faisant craquer les lattes, et mit une dosette dans la machine à café. Une petite pause était de rigueur. Il fallait qu'il se change les idées.

Si seulement il avait autre chose à faire ! Mais, niveau boulot, c'était le calme plat en ce moment. Aucune mission dans les semaines à venir. Non, il n'avait aucune excuse pour ne pas se consacrer pleinement à sa comptabilité.

Alors que la machine à expresso était en train de s'activer et que l'odeur d'arabica bien serré était en train de se répandre dans la pièce, il sentit son téléphone vibrer dans sa poche. Un message de Laura, qui lui demandait quel filtre il utilisait sur ses photos.

De quoi est-ce qu'elle parlait ? Il n'utilisait pas de filtre, enfin, pas vraiment. Il avait juste activé le capteur infrarouge de son appareil. Une espèce de gadget pas très puissant qu'il avait découvert récemment et que presque personne n'utilisait, mais qu'il avait activé parce que cela permettait de donner un aspect ancien aux photos, un peu comme sur les premières photos en couleur, au début du vingtième siècle.

Il lui répondit, prit la petite tasse de porcelaine, souffla sur le breuvage brûlant, et se mit à réfléchir.

Où était Laura ? Oui, ça lui revenait, elle avait dit qu'elle retournerait au musée, qu'elle avait d'autres choses à y voir.

Il repensa aux photos faites la veille. Et se rappela que

Laura avait fait une drôle de tête en regardant un des clichés. Mais elle n'avais pas voulu lui dire pourquoi.

Il avala le café d'une traite, grimaça tant il était amer, posa la petite tasse sur le rebord du bureau, et retourna s'asseoir dans son fauteuil en cuir.

Puis il regarda à nouveau les photos de la veille. Qu'est-ce qu'elles avaient de particulier ? Il y avait uniquement Laura, lui, et un des tableaux du musée, en arrière-plan.

Il la regarda, elle. Elle était tellement belle. Souriant à pleines dents. Elle avait l'air heureuse. Et ses cheveux étaient d'une couleur légèrement différente sur le cliché. Légèrement plus clairs que la normale. Oui, c'était sûrement ça qu'elle avait vu. Elle se demandait d'où venait cette teinte inhabituelle. Rien de plus.

Il s'apprêtait à éteindre son téléphone quand il vit un détail. Quelque chose qu'il n'avait pas remarqué la première fois, mais qui lui sautait aux yeux désormais. Sur le tableau. Il y avait quelque chose d'inscrit sur la feuille de papier. Il n'arrivait pas à lire quoi, mais quelque chose était écrit. Or, il en était certain, sur le tableau qu'il avait vu la veille, la page était vierge de toute inscription.

C'était cela que Laura avait vu.

Il tenta de zoomer sur l'image, espérant voir ce qui était inscrit. Mais il n'y a que dans les films qu'on peut voir nettement un détail d'une image rien qu'en zoomant dessus. Dans la vie réelle, quand on fait ce genre de choses, tout ce qu'on obtient à la fin, c'est un tas de pixels flous, et rien d'autre.

Déçu, il tenta d'appeler la jeune femme, afin d'en savoir plus. Mais il tomba directement sur son répondeur.

Il allait devoir prendre son mal en patience. Mais maintenant, il avait une bonne excuse pour reporter sa comptabilité à plus tard. Il y avait un mystère à résoudre, et il voulait absolument en savoir plus.

Il lança son navigateur internet et se lança dans des recherches au sujet de ce tableau, de son auteur, et aussi de cet acheteur qui avait eu la chance incroyable de le trouver dans un vulgaire vide-grenier.

❧

Laura venait d'arriver dans le bureau d'Edmond Blanchard, le conservateur du musée. C'était un homme de taille moyenne, d'une soixantaine d'années environ, qui portait une veste en tweed marron, un pantalon à pinces beige beaucoup trop court qui laissait voir des chaussettes à carreaux, et une paire de lunettes rondes. Il avait une barbe taillée en bouc et des cheveux longs attachés en queue de cheval.

Son bureau était un véritable capharnaüm. Des vieux papiers partout, déposés en diverses strates, dans un désordre indescriptible. Il devait bien y avoir un meuble en dessous de tous ces documents, mais il était caché depuis longtemps.

L'endroit sentait la poussière, mais impossible d'aérer. Sur l'appui de fenêtre, au fond de la pièce, diverses tasses vides étaient empilées.

Blanchard se dirigea vers un fauteuil en tissu enseveli sous un amas de vieux livres universitaires, en retira tous les ouvrages, les posa sur son bureau, en équilibre précaire, au sommet d'un tas de feuilles déjà beaucoup trop haut, et demanda à Laura :

— Eh bien, ma petite dame, vous avez demandé à me voir, que puis-je faire pour vous ?

À l'invitation du conservateur, Laura s'assit dans le fauteuil qui était étonnamment confortable malgré son âge vénérable et dit :

— Voilà, j'étais en train de regarder le Scribe Allongé tout à l'heure et...

— Ah oui, magnifique œuvre madame, n'est-ce pas ? On voit là tout le génie du Caravage, ce travail sur la lumière, et ce réalisme saisissant. Je suis tellement content que cette œuvre ait été redécouverte récemment, et tellement reconnaissant à monsieur Lombardini, son propriétaire, d'avoir fait confiance à notre musée pour l'exposer ainsi au grand public !

L'enthousiasme de Blanchard était communicatif. Le conservateur semblait tellement fier d'exposer cette œuvre. Il serait d'autant plus enthousiaste de découvrir qu'elle recelait un secret inconnu. Elle sortit son portable, et, tout en ouvrant son album photo, dit :

— J'ai fait quelques photos tout à l'heure, je sais bien que c'est interdit mais...

Il fronça les sourcils, faisant apparaître une ride profonde sur son front, et s'emporta d'un seul coup, faisant les cent pas et agitant les bras pendant qu'il parlait, comme si elle venait de lui avouer qu'elle avait saccagé l'œuvre.

— Quoi ? Mais madame, vous ne savez donc pas lire ? Il est interdit de prendre des photos dans ce musée ! Les flashs abiment les tableaux, mais ça les visiteurs s'en moquent n'est-ce pas, après tout, on se fiche bien de la conservation de ces chefs d'œuvre à travers les âges, bien sûr, après moi le déluge, tant pis pour les suivants, n'est-ce pas ? Vous imaginez si tout le monde faisait comme vous ? Dans cent cinquante ans, madame, dans cent cinquante ans, si tout le monde fait comme vous aujourd'hui, eh bien, il ne restera plus rien des toiles de la Renaissance, rien que des vieilles croûte en piteux état !

— Mais, monsieur, je n'ai pas utilisé de flash, et...

— Oh mais ce n'est pas le seul problème, figurez-vous. Sachez que monsieur Lombardini nous a expressément demandé qu'on ne fasse pas de prise de vue de ce tableau en particulier. C'est la condition qu'il nous a imposée en échange de ce prêt. Il a peur que cela banalise l'œuvre, que cela la rende moins rare, vous voyez ce que je veux dire ?

Il sembla se calmer peu à peu. Laura en profita.

— Oui, monsieur Blanchard, je comprends très bien, excusez-moi. D'ailleurs, dit-elle en manipulant son portable, je suis en train de supprimer toutes ces photos.

C'était évidemment faux. Elle n'en avait pris que deux. Mais le conservateur avait l'air tellement furieux qu'elle préférait lui céder un peu de terrain. Elle poursuivit :

— Seulement, regardez, j'ai vu une chose bizarre sur une de mes photos. J'ai zoomé sur la feuille de papier, et regardez ce que l'on voit.

Elle lui montra le cliché où le texte en latin apparaissait. Il sembla surpris, l'espace d'une seconde, puis reprit une contenance, et demanda, l'air de rien :

— Oui ? Eh bien quoi ? Je ne comprends pas ?

— C'est une inscription qui est invisible quand on regarde le tableau à l'œil nu, mais visible sur la photographie, grâce à un capteur infrarouge. Ce qui veut dire que cette inscription est située sous la couche de peinture. On a inscrit cela, puis on a recouvert l'inscription d'une couche de peinture, pour la cacher.

Il s'agita à nouveau, mais cette fois il n'était pas énervé. Il semblait amusé par ce qu'il entendait.

— Mais... Enfin, madame, qu'est-ce que vous voulez dire ? Vous sous-entendez que ce tableau est un faux, c'est cela ?

— Eh bien... Non, je ne sais pas... Pourquoi ? C'est le cas ? maintenant que vous le dites, cette inscription, qui a été grossièrement recouverte, c'est...

Il se mit face à elle, la fixa du regard, secoua la tête comme si elle était la dernière des demeurées, et lui dit :

— Madame, très bien, je vais vous expliquer. Mais vous allez être déçue. Voyez-vous, cela arrive souvent qu'un artiste peigne une toile, puis, une fois son œuvre achevée, soit peu convaincu par le résultat. Alors, quand c'est possible, eh bien, il procède à quelques ajustements. Et il se trouve qu'ici, de toute évidence, le Caravage, après avoir décidé que son scribe aurait quelques lignes de texte inscrites devant lui, a changé d'avis, et c'est son droit le plus absolu.

— Euh... Oui, bien sûr. Je ne dis pas le contraire, moi je voulais juste vous montrer...

— C'est une découverte intéressante que vous venez de faire, je ne vous le cache pas. Mais je vous prierai de ne le répéter à personne, parce que je ne sais pas si monsieur Lombardini souhaiterait que l'on fasse trop de publicité autour de cette œuvre et de ses secrets. C'est son droit le plus absolu. J'ai votre parole ?

Blanchard semblait prendre cette histoire très à cœur. Tout ce que Laura voulait, c'était partager sa découverte avec le responsable du musée. Elle ne pensait pas que cela en deviendrait quasiment une affaire d'État.

— Promis, monsieur Blanchard.

Après une pause de quelques secondes, le conservateur ajouta :

— Et puis, ne vous inquiétez pas, monsieur Lombardini a fait expertiser la toile. Ce n'est pas un faux. L'œuvre est d'époque, il n'y a aucun doute là-dessus. Vous savez, de nos jours, on peut savoir sans l'ombre d'un doute de quand datent les pigments qui composent une toile. L'époque où l'on pouvait peindre une toile dans son salon et faire croire qu'elle avait été réalisée des siècles auparavant est révolue, dieu merci !

Il se dirigea vers la porte, posa sa main sur la poignée,

hésita, puis se tourna vers Laura. Il dit alors, d'une voix calme qui sous-entendait que l'incident était clos :

— Bien, madame, j'espère que vous êtes rassurée désormais, en tout cas, merci d'être venue me prévenir. Oh, au risque d'insister, je vous demanderai encore une fois de bien vouloir garder tout cela pour vous. Vous comprenez, monsieur Lombardini est un collectionneur un peu fantasque et très facile à contrarier, et c'est quelqu'un avec qui j'aimerais garder de bons rapports.

— Bien sûr, dit-elle. Je comprends très bien.

Le conservateur ouvrit alors la porte, puis il passa la tête par la porte et appela le gardien aux rouflaquettes qui traversait le couloir au même moment :

— Ah ! Voulez-vous bien avoir la gentillesse de raccompagner madame à l'extérieur s'il vous plait ? Notre entretien vient de se terminer.

Le gardien l'accompagna sans dire un mot jusqu'à la sortie. Laura venait de se faire expulser du musée avec tellement de tact et de courtoisie par un homme tellement étrange, qu'elle ne put s'empêcher de sourire.

❦

QUAND IL RELEVA la tête pour regarder à travers la grande fenêtre de son bureau à Global Consulting, Jérôme se rendit compte que cela faisait près de deux heures qu'il était plongé dans ses recherches. Il était tellement absorbé qu'il n'avait pas vu le temps passer.

Mais, dehors, le jour avait déjà bien décliné, et la nuit allait bientôt s'installer sur la ville. Il n'avait pas avancé d'un pouce sur sa comptabilité. Et dire que sa déclaration était à rendre pour le lendemain... Bon, il avait toute la nuit pour terminer.

Mais il avait trouvé tellement d'informations en ligne sur

l'œuvre qu'il avait vue la veille avec Laura qu'il ne savait plus
où donner de la tête. Sur son navigateur, une trentaine d'on-
glets étaient ouverts désormais, sur des sites parlant d'art,
mais aussi d'actualité.

Il avait découvert que le Scribe allongé était une œuvre
découverte récemment, comme l'avait dit Laura, et qu'elle
avait été acquise par un certain Antonio Lombardini, un
italien.

Lombardini était un grand amateur d'art, mais aussi un
type peu scrupuleux qui avait fait fortune dans la vente de
solvants industriels. Il semblait mêlé d'assez près à la mafia
italienne, quoique les sources qu'il avait trouvées à ce sujet
ne lui semblaient pas très fiables.

En tout cas, Lombardini avait l'air d'être un sale type,
condamné à plusieurs reprises pour des montages fiscaux
un peu audacieux, et qui avait été mêlé, avant d'être blanchi
par la justice, à une histoire de trafic de stupéfiants. Bref, un
individu pas forcément recommandable.

Officiellement, Lombardini avait donc trouvé l'œuvre du
Caravage lors d'un vide-grenier, comme le lui avait expliqué
Laura. Mais, ce que Jérôme trouvait étrange, c'était qu'il
n'avait rien réussi à trouver de tangible à ce sujet dans la
presse.

On ne disait nulle part quand exactement cette découverte avait été faite, ni à quel endroit précisément, et certains
journaux disaient qu'ils avaient en vain tenté de retrouver la
trace du malheureux vendeur. Celui qui avait vendu une
toile de maître pour une bouchée de pain. Tout semblait
reposer sur les déclarations de Lombardini. Alors que la
parole de ce dernier semblait quelque peu douteuse.

On trouvait aussi assez peu de photos de l'œuvre sur
internet. On pouvait en dénicher quelques-unes, bien sûr,
mais elles étaient d'assez mauvaise qualité. Le tableau était
mal éclairé, mal exposé, et certains amateurs d'art se déso-

laient que le grand public, comme les spécialistes, n'ait pas accès à ce « chef d'œuvre retrouvé d'un des grands maîtres de la Renaissance », et se réjouissaient que le tableau soit enfin prêté à des musées, dans le cadre d'expositions temporaires.

Quoi qu'il en soit, sur aucune de ces rares photos, on ne voyait les fameuses inscriptions qui apparaissaient mystérieusement sur la photo que Jérôme avait prise la veille, avec Laura.

Laura... Cela faisait plusieurs heures qu'il n'avait pas eu de nouvelles d'elle. Où était-elle encore passée ? Elle lui avait envoyé ce message, à propos de la photo justement, puis elle n'avait plus donné de nouvelles.

Il avait un mauvais pressentiment. Il prit son téléphone, se leva et, pendant qu'il traversait le bureau de long en large pour se dégourdir les jambes, composa son numéro.

Pas de réponse. Cinq sonneries, puis le répondeur.

Il raccrocha, attendit quelques secondes, puis rappela.

Toujours pas de réponse.

Bon sang, que lui était-il encore arrivé ? Dans quelle histoire s'était-elle encore fourrée ? Ce n'était pas normal qu'elle ne réponde pas. Elle avait toujours son téléphone avec elle, et elle n'était pas du genre à ignorer les appels de Jérôme.

Il composa un message disant : « Ça va ? Tu peux me rappeler s'il te plait ? »

Pas de réponse non plus.

Il se rendit compte qu'il était en train de tourner en rond dans son bureau, sans but, comme un lion en cage. Il se sentait tellement impuissant !

Alors qu'il s'apprêtait à appeler Laura à nouveau, il entendit l'interphone sonner. Il se précipita pour décrocher et dit :

— Oui ?

— Jérôme, c'est moi, j'ai vu que tu m'avais appelée, désolée, j'étais au volant. J'ai oublié mes clés, tu peux m'ouvrir
s'il te plait ?

Il appuya sur le bouton et raccrocha. En attendant que
Laura monte les trois étages, il soupira. Il se sentait ridicule.
Évidemment qu'il ne lui était rien arrivé ! Elle était dans un
musée, pas dans une ruelle obscure d'un quartier mal famé
en plein cœur de la nuit, seule à affronter la mafia italienne.

Quand la jeune femme entra, elle était aussi belle qu'à
l'accoutumée, et semblait à la fois heureuse et agitée. Elle
déposa un baisers sur ses lèvres et demanda :

— Alors, t'as passé une bonne journée ? Ça avance bien
ta compta ?

— Plus ou moins. Je suis loin d'avoir fini. Et toi,
demanda-t-il innocemment, quoi de neuf, t'es retournée au
musée alors ?

Elle répondit d'une voix laissant poindre l'excitation :

— Oui ! Tu sais le tableau d'hier ? Au musée ? Celui
devant lequel on a fait une photo ? Figure-toi que j'ai découvert qu'il y avait des inscriptions cachées dessus. Invisibles à
l'œil nu, mais, grâce au capteur infrarouge de nos appareils
photos, on peut les voir !

— Oui, je sais, dit-il d'un air blasé, juste pour la faire
rager.

— Oh, dit-elle d'un air un peu déçu, toi aussi tu as mené
ta petite enquête ?

Elle s'approcha de son ordinateur, regarda l'écran, et
poursuivit d'un ton sarcastique :

— Derrière ton écran, sans bouger de ta chaise, comme
le gros geek que tu es ? Je vois que ça a super bien avancé ta
compta, en effet.

Il ne dit rien.

— Eh bien moi, j'ai discuté avec le conservateur du
musée. Alors je t'explique. Bon, tu vas voir, c'est assez déce-

vant en fait. Le Caravage avait mis du texte sur la feuille, au début, mais il devait trouver que le résultat n'était pas à la hauteur de son génie. Il a changé d'avis, mais à l'époque, quand on voulait modifier une œuvre, on ne pouvait pas simplement cliquer sur « annuler ». Oui, je sais, ça doit te paraître dingue à toi, hein ? Mais il y avait déjà des solutions à l'époque. Une simple couche de peinture par-dessus, et hop ! Problème réglé. L'inscription n'est plus visible à l'œil nu désormais. Voilà à quoi j'ai occupé ma journée. Un bête mystère, déjà résolu.

Elle ajouta sur un ton moqueur :

— J'ai été plus efficace que toi, encore une fois. Rien ne vaut le travail de terrain !

— Je vois, dit Jérôme.

Finalement, l'explication était simple. Presque décevante. Lui qui s'était attendu à une histoire de faussaire tentant de solder ses dettes avec la mafia via une fausse toile, ou mieux encore, un indice pointant vers un trésor mystérieux, datant de la Renaissance. Mais non. Rien de tout cela. Et dire qu'il avait perdu tout ce temps pour ça. Alors qu'il avait tellement de travail à faire aujourd'hui... Il soupira et dit à Laura :

— Bon, je suis désolé, mais il va falloir que je me remette au travail, j'ai passé l'après-midi à ne rien faire, comme un imbécile, et je vais devoir passer la nuit à bosser, maintenant.

— Pas de souci, je rentre chez moi, je pense que moi je vais me mater une bonne série ce soir, bien au chaud sous mon plaid, pendant que toi tu bosses. Amuse-toi bien !

Et, avant qu'il puisse répondre, elle déposa un nouveau baiser sur ses lèvres et fila dans l'escalier.

Il se dirigea vers la fenêtre pour la regarder partir. Dehors, il faisait complètement nuit maintenant. La rue était calme, comme d'habitude à cette heure-là. Aucun passant, hormis Laura qui montait dans sa voiture garée au pied de l'immeuble. Et quelques rares véhicules encore garés le long de la rue.

Laura mit le contact et s'éloigna dans la nuit. Elle était à peine partie qu'une autre voiture démarra, prenant la même direction qu'elle. Le chauffeur avait oublié d'allumer ses phares. Heureusement que les rues étaient bien éclairées.

❧

LAURA ÉTAIT PRESQUE ARRIVÉE dans son quartier quand elle commença à sérieusement s'inquiéter de la voiture qui la suivait.

Une voiture banale, une 207 grise dont les phares fonctionnaient par intermittence. Mais elle savait que cette voiture était derrière elle depuis qu'elle était repartie de Global Consulting. Elle n'y avait pas prêté attention au départ, mais cela faisait plus de dix minutes que le véhicule suivait exactement le même trajet qu'elle, les mêmes intersections, les mêmes ruelles étroites. Ça ne pouvait pas être une coïncidence.

Quelqu'un le suivait depuis tout à l'heure, et fort heureusement pour elle ce n'était pas le roi de la filature.

Elle sentit sa gorge se serrer. Qui était-ce ? Qu'est-ce qu'il lui voulait ?

En tout cas, il fallait qu'elle réussisse à le semer, sans qu'il se rende compte qu'elle l'avait repéré.

Et, surtout, il fallait qu'elle prévienne Jérôme.

Elle prit son portable, composa son numéro tout en regardant la route du coin de l'œil. Alors qu'elle allait appuyer sur le bouton d'appel, elle roula sur un dos d'âne qu'elle n'avait pas vu, et échappa son téléphone qui roula au sol, quelque part dans l'ombre.

— Merde !

Tenant toujours le volant fermement de sa main gauche, elle tâta le sol de l'autre main, à la recherche de son portable.

Un piéton traversa, à quelques mètres devant elle, sans crier gare. Et elle n'avait pas le temps de freiner.

Elle tenta de donner un léger coup de volant, afin de dévier légèrement de sa trajectoire.

Et perdit le contrôle de son véhicule, qui monta sur le trottoir avant de percuter une borne en métal.

Légèrement sonnée, elle vit le piéton s'approcher, et entendit derrière elle que le conducteur de la 207 s'était également arrêté, et venait de faire claquer sa portière.

Laura sortit à son tour, et fit quelques pas sur le trottoir, un peu désorientée. Le piéton, quelques mètres plus loin, demanda :

— Ça va madame ?

Alors qu'elle allait répondre, Laura sentit un objet froid et pointu se poser contre son dos, à hauteur de ses reins. Quelque chose qui pouvait être le canon d'une arme à feu. Et juste derrière elle, une voix grave avec un léger accent italien dit :

— Ne vous inquiétez pas, monsieur, je suis médecin. Madame, je vais vous conduire à l'hôpital le plus proche, vous voulez bien ?

Et, ce disant, il appuya plus fortement le canon de son arme contre le dos de Laura.

— Oui, dit-elle, la mort dans l'âme.

— Prenez votre téléphone avec vous, madame, dit-il. Vous pourrez appeler un proche, comme cela.

Pendant qu'elle ramassait son portable au sol, le passant les salua et disparut dans la nuit.

L'homme à l'accent italien lui arracha le téléphone des mains. Puis il lui montra la porte arrière de la 207 et dit :

— Asseyez-vous à côté de mon ami, s'il vous plait.

Elle s'installa et vit, sur la banquette arrière, un autre homme, une arme à la main.

Elle le reconnut tout de suite. C'était le gardien du musée. Celui qui avait des rouflaquettes.

Pendant que l'homme à l'accent italien démarrait, le gardien dit à son complice :

— J'espère qu'il a pas noté le numéro de notre plaque, ce piéton à la con !

— Non, t'inquiète, il est reparti tout de suite. Et t'as bien vu, elle est déserte cette rue. Personne s'est pointé à sa fenêtre ou quoi que ce soit malgré le bruit. Tout le monde s'en fout. Y a pas eu de témoin, relax.

Ils ne dirent plus rien pendant quelques minutes. Ils continuaient simplement de rouler, sans que Laura ne comprenne vraiment où ils se rendaient. L'amenaient-ils au musée ?

Non, ce n'était pas du tout la route. Ils se dirigeaient vers les quartiers ouest. Vers le vieux port fluvial.

Le gardien reprit enfin la parole :

— Bon, t'aimes bien te mêler de ce qui te regarde pas, toi, hein ? C'est quoi ton nom ?

— Laura, dit-elle d'une voix éteinte.

— Laura comment ?

— Laura Chapuis.

Il tenta de prendre une voix douce, sans vraiment y parvenir, et dit :

— Alors écoute-moi, Laura Chapuis. On a juste besoin de savoir un truc ou deux. On te fera pas de mal si tu nous réponds. Tu t'es juste mêlée d'un truc qui te regardait pas, c'est tout.

Elle ne répondit rien. À l'avant, le conducteur continuait d'avancer, comme si de rien n'était.

Ils étaient à quelques centaines de mètres du port désormais. Un quartier industriel, à moitié désaffecté. À part quelques zonards, le secteur était complètement désert.

Le gardien à rouflaquettes poursuivit :

— Premier truc. Les photos qui sont sur ton téléphone. Celles du tableau. À qui tu les as envoyées ?

— À personne. Je les ai gardées sur mon téléphone.

D'un seul coup sa voix se fit dure.

— Me prends pas pour un con !

— Non, je vous jure ! Je ne les ai envoyées à personne. Je ne les ai sauvegardées nulle part non plus. Je ne suis pas rentrée chez moi, de toute façon.

Il garda le silence. Il ne semblait pas convaincu. Mais il reprit sa voix douce et dit :

— Bon, admettons. Et alors, t'en as parlé à qui ?

Elle sentit une boule dans sa gorge. Elle avait tellement envie de prévenir Jérôme.

— À personne.

— Tu nous prend vraiment pour des cons, en fait ? Tu es allée chez qui, tout à l'heure ? Tu t'es garée, tu es montée dans un immeuble, et tu es redescendue cinq minutes plus tard. T'as fait ça juste après avoir quitté le musée. Donc moi j'ai bien l'impression que tu es allée voir quelqu'un. C'est qui ?

— C'est... Jérôme. Mais je ne lui ai pas parlé de ça, je vous le jure. On devait passer la soirée ensemble, mais il avait trop de travail, alors je rentrais chez moi, c'est tout. Je lui ai pas parlé du tableau. Il n'aime pas ça, les musées, de toute façon.

— Ce Jérôme, C'est ton mec, c'est ça ?

— Oui.

Dehors, la voiture roulait au pas désormais. Ils longeaient le fleuve. Il faisait nuit noire. Ils se trouvaient dans un quartier tellement excentré, tellement isolé, que l'éclairage public n'avait pas été installé jusque là. C'était à peine si l'on devinait les eaux sombres du fleuve.

— C'est quoi son nom de famille ?

— Leblanc.

La voiture s'arrêta sur le bas-côté. À cet endroit, il n'y avait pas âme qui vive. Personne à des centaines de mètres à la ronde. Rien d'autre que le fleuve, à leur gauche, et, à droite, un vieil entrepôt en briques abandonné, aux fenêtres brisées et dont les murs étaient couverts de tags. Le gardien dit au conducteur :

— T'as noté ? Jérôme Leblanc, qu'il s'appelle.

— Oui, t'inquiète, on s'en occupe après, répondit-il de son accent chantant.

Laura demanda :

— Vous allez lui faire quoi ? Je vous ai dit, il n'est au courant de rien, il ne sait même pas que je suis passée au musée aujourd'hui.

Le gardien ne répondit pas. Du canon de son arme, il désigna la portière et dit d'une voix qui ne souffrait pas la discussion :

— Descends.

Elle obtempéra.

Elle se retrouva sur le côté de la voiture. Du côté du fleuve. Devant elle, l'homme à l'accent italien pointa son arme et dit :

— Avance jusqu'à l'entrepôt.

Laura fit tourner ses méninges. Elle savait très bien que, si elle entrait dans le bâtiment, jamais plus elle n'en sortirait. Mais si elle tentait de s'enfuir, ils l'abattraient avant même qu'elle n'ait eu le temps de faire trois mètres.

Elle regarda le fleuve. Les eaux étaient calmes ce soir-là. C'était sa seule chance. Elle fit quelques pas, faisant mine de se diriger vers l'entrepôt et, sans crier garde, se jeta dans les flots sombres.

— Eh !

Une eau glaciale et boueuse l'enveloppa, mais ce n'était pas le moment de se soucier de son confort.

Elle était plongée dans l'obscurité. Ses ravisseurs ne pouvaient pas la voir.

Elle se mit à nager en diagonale, pour s'assurer de ne pas être une cible facile, et se laissa porter par le courant.

Au-dessus de sa tête, elle entendit les balles fuser, pendant quelques secondes. Puis, alors qu'elle se laissait porter par les flots, restant immobile pour qu'ils ne puissent pas l'entendre, elle perçut la voix du gardien :

— Passe-moi la lampe-torche. Je reste là, je m'occupe d'elle. Je vais bien la retrouver. Toi, va t'occuper du fameux Jérôme Leblanc.

Alors qu'elle plongeait son corps tout entier sous les eaux saumâtres, elle devina le faisceau puissant d'une lampe qui balayait la surface du fleuve.

Elle nagea, droit devant elle, dans le sens du courant, pendant ce qui lui sembla durer une trentaine de secondes, avant de ressortir la tête de l'eau, juste quelques secondes, histoire de reprendre sa respiration.

Elle tourna la tête. Le courant l'avait transportée sur plusieurs centaines de mètres. Le faisceau de la lampe du gardien était loin désormais. Droit devant elle, les lumières de la ville étaient plus proches maintenant.

Elle se laissa porter sur quelques centaines de mètres encore, puis nagea jusqu'à la rive. Enfin elle sortit de l'eau, trempée jusqu'aux os, claquant des dents dans le froid mordant de la nuit, se dirigeant en hâte vers une maison qu'elle apercevait, au loin. Pourvu qu'elle soit habitée. Il fallait qu'elle prévienne la police. Jérôme était en danger.

Cela faisait une bonne trentaine de minutes que Laura était partie et que Jérôme s'était replongé dans sa comptabilité. Mais, décidément, il n'arrivait pas à se concentrer sur sa tâche. Les chiffres commençaient à danser devant ses yeux. Et dire qu'il y avait des gens dont c'était le métier ! Peut-être qu'un de ces jours il faudrait qu'il engage un prestataire. Cela lui couterait un peu d'argent, mais s'il pouvait s'épargner cette corvée...

Non, pas moyen de focaliser son esprit. Il savait que ce n'était pas raisonnable, mais il décida de s'octroyer une petite pause.

Il se leva, et alla se préparer un café. Ce n'était pas bien sage à une heure aussi tardive, mais de toute façon il n'allait pas dormir de la nuit, alors autant prendre des forces.

Pendant que le moteur de la machine à espresso s'activait, il décida d'appeler Laura. Qu'est-ce qu'elle avait choisi de regarder, comme film ?

Pas de réponse. Cinq sonneries, puis le répondeur.

Bizarre. Elle aurait dû être arrivée chez elle, depuis le temps. Il ne lui fallait pas plus de dix minutes, en temps normal, et il n'y avait pas de bouchons à cette heure-là. Et s'il lui était arrivé quelque chose ? Un accident, par exemple ?

Non, il s'était déjà monté la tête pour rien tout à l'heure. Il fallait qu'il arrête de s'inquiéter sans arrêt. À vouloir la protéger comme ça, à s'inquiéter pour elle, tout le temps, il se rendit compte qu'il était de plus en plus attachée à la jeune femme.

Leur histoire devenait de plus en plus sérieuse. Ils n'en avaient pas vraiment parlé tous les deux, mais ils étaient en train de devenir un vrai couple. L'idée le fit sourire. Au moment de son divorce avec Isabelle, il s'était juré de ne pas se replonger dans une histoire sérieuse avant au moins un an. Et pourtant, à peine quelques mois plus tard, il se voyait déjà faire un bout de chemin avec Laura, cette jeune femme que le destin avait jetée en travers de sa route.

Il tenta de l'appeler à nouveau. En vain. Elle devait être absorbée devant son film. Elle avait sans doute coupé la sonnerie de son téléphone. Elle rappellerait une fois qu'il serait terminé.

Alors qu'il allait se replonger dans sa comptabilité, une sonnerie stridente retentit près de la porte d'entrée. Il sursauta, de surprise. L'interphone.

Qui pouvait donc sonner à une heure pareille ? Il alla décrocher, et une personne avec un accent du sud demanda :

— Bonjour, excusez-moi de vous déranger à cette heure, vous êtes bien monsieur Jérôme Leblanc ?

— Oui, c'est moi.

Comment sont interlocuteur pouvait-il connaître son nom ? Il n'était pas inscrit sur la sonnette. Il y avait uniquement le nom de Global Consulting. L'interlocuteur continua :

— Venez vite, monsieur, c'est une jeune femme, une certaine Laure je crois, ou Laura, elle a eu un accident de voiture, les pompiers sont arrivés, ils l'ont emmenée à l'hôpital, elle a demandé à ce que je vous prévienne le plus vite possible !

— Quoi ? J'arrive tout de suite !

Un accident ! Exactement ce qu'il craignait. Il ne s'était pas trompé.

Il était sur le point de raccrocher, mais une chose le gênait. Il y avait quelque chose qui clochait, mais il n'arrivait pas à savoir quoi.

L'accent de son interlocuteur. Il avait un accent du sud. Un accent italien sans doute. Comme Antonio Lombardini, le sale type qui était lié à cette histoire de tableau.

Aucune raison qu'il y ait un lien, mais d'un coup il

repensa à cette voiture, qui avait suivi Laura quand elle était repartie, une demie-heure plus tôt.

Il y avait quelque chose de pas net.

Dans le doute, avant de raccrocher, il dit à son interlocuteur :

— Monsieur, pouvez-vous venir me donner un coup de main s'il vous plait ? Je me suis blessé hier, je boite un peu, je pourrais descendre sans assistance, mais ça va me prendre des heures, pourriez-vous venir m'aider à descendre ?

L'homme à l'accent hésita, puis dit :

— Bien sûr, ne bougez pas monsieur Leblanc, j'arrive tout de suite.

— Merci beaucoup. Je suis au troisième étage !

Jérôme déverrouilla la porte du rez-de-chaussée et, en toute hâte, sortit sur le palier, avant de monter quelques marches, à destination du quatrième étage. Il se cacha dans l'angle de l'escalier. Ainsi, son visiteur ne le verrait pas, mais Jérôme, lui, le verrait arriver.

Il entendit l'homme à l'accent grimper les étages quatre à quatre, et le vit finalement atteindre le palier du troisième.

Il tenait un revolver dans sa main droite.

Il poussa la porte entrouverte de Global Consulting et entra, en demandant :

— Monsieur Leblanc, vous êtes là ? Je suis là, monsieur !

Jérôme vola par-dessus les marches, courut jusqu'à la porte de son bureau, la claqua, enferma son agresseur à clé, et dévala les escaliers.

Il entendit l'homme tenter d'ouvrir la porte, puis donner de grands coups dedans, avant de tirer dans la serrure.

La porte était blindée, il ne réussirait pas à s'en échapper tout de suite. Mais ce n'était pas le moment de moisir ici.

Arrivé au rez-de-chaussée, il se dirigea vers la porte d'entrée, avant de se raviser.

L'homme enfermé dans son bureau avait sûrement un

complice dehors. Jérôme ne pouvait pas sortir dans la rue. C'était beaucoup trop risqué.

Il courut jusqu'à la loge du gardien, sauta par-dessus le comptoir, et se cacha dessous.

En haut, il entendait son agresseur s'acharner sur la serrure. Il fallait prévenir la police, de toute urgence. Jérôme fouilla dans sa poche, et blêmit. Il avait oublié son portable en haut.

Toujours accroupi pour ne pas être visible si un éventuel complice entrait dans le bâtiment, Jérôme balaya du regard le local où il se situait. Il y avait forcément un téléphone quelque part. Oui, il était là, posé sur le comptoir, face à la porte d'entrée. Sans se relever, il prit le combiné et composa le 17.

Il n'avait pas encore obtenu la communication que la porte d'entrée s'ouvrit dans un grand fracas. Il entendit plusieurs hommes entrer. L'un d'entre eux dit :

— L'homme que nous recherchons est certainement au troisième étage. Attention, il a sans doute un otage !

Il se détendit enfin. Il ne les avait pas encore eu en ligne que la police était déjà sur place. C'était du rapide, se dit-il en souriant. Mais la raison pour laquelle il était vraiment soulagé, c'était que, s'ils étaient déjà là, c'était forcément parce que Laura les avait déjà prévenus.

La jeune femme était donc saine et sauve. Et lui aussi, désormais.

QUAND LAURA ENTRA dans l'appartement de Jérôme, le lendemain soir, l'odeur des champignons à la crème lui sauta immédiatement au nez. Délicate attention. Le jeune homme lui avait préparé un de ses plats préférés.

Elle passa dans le couloir étroit et remit en place un

cadre qui était de travers. C'était celui qu'elle lui avait offert, un peu kitsch, qui représentait la tour Eiffel. Celui qu'elle avait acheté le jour où ils avaient passé une journée à Paris, tous les deux.

Laura ajoutait quelques touches de décoration, de temps en temps, quand elle venait chez Jérôme. Elle espérait transformer son triste appartement de vieux garçon en quelque chose de plus humain, de moins austère. Un jour, peut-être, l'endroit ressemblerait à quelque chose d'autre qu'à l'antre d'un geek.

Ce soir-là, elle avait hésité à lui ramener une reproduction d'un tableau du Caravage, pour le fun. Mais elle n'avait rien trouvé de bien fun, justement. L'œuvre du génie Italien ne se prêtait pas trop au genre d'ambiance qu'elle imaginait chez Jérôme.

Elle passa le nez dans la cuisine, et vit son homme, vêtu d'un vieux tablier, le nez au-dessus d'une poêle. Dans l'évier, il n'y avait presque pas de vaisselle sale, pour une fois. Sur le plan de travail, une petite enceinte Bluetooth diffusait à bas volume une playlist de soul music des années 70. Par la petite lucarne, on devinait la lune, vaguement voilée par un nuage récalcitrant.

Jérôme ne l'avait pas entendue. Elle s'approcha en silence et dit :

— Coucou !

Il sursauta.

— Tu m'as fait peur ! Mais tu tombes bien, c'est prêt.

Il l'invita à s'installer à la petite table de la cuisine, qu'il avait dressée modestement. Deux assiettes en porcelaine blanche sans décoration, fourchettes, couteaux, et deux verres à moutardes. C'était tout ce qu'il avait. Jérôme n'avait même pas de verres à vin.

Alors qu'ils étaient assis, elle demanda :

— Alors, t'as enfin fini ta compta ?

— Oui, j'ai réussi à obtenir un délai vu ce qui s'est passé l'autre jour, mais bon, je n'allais pas laisser ça traîner pendant cent sept ans. Maintenant, c'est fait. Et l'année prochaine, je ferai appel à un comptable. Comme ça, je serai tranquille, et je pourrai te surveiller de près. Ça t'évitera de te mettre dans les ennuis jusqu'au cou, une fois de plus. Et de m'y mettre aussi, par la même occasion.

Elle répondit à sa remarque sarcastique par un sourire crispé. Il posa la poêle qui crépitait sur la table et remplit l'assiette de la jeune femme, avant de se servir à son tour. Elle en avait l'eau à la bouche. Elle commença à découper son escalope et demanda :

— Bon alors, avec tes contacts dans la police, j'imagine que tu as eu plus d'infos sur cette histoire, qu'est-ce qu'ils nous voulaient, alors ?

— Oui. Contrairement à ce que l'on pensait tous les deux, le type à l'accent italien qui conduisait la voiture et qui est venu à Global Consulting, ce n'était pas Lombardini. Enfin, si, mais ce n'était pas Antonio Lombardini, le propriétaire de l'œuvre. C'était son frère Giorgio.

Elle mordit dans la viande tendre, qui fondit dans sa bouche. Jérôme n'était sans doute pas le plus grand des cuisiniers, et elle non plus d'ailleurs, mais il savait choisir ses ingrédients.

Elle demanda :

— Les deux Lombardini étaient complices donc ?

— Non, au contraire. Ils ne peuvent pas se saquer. Antonio a tout, argent, réputation, pouvoir. Tout ce que son frère n'a jamais eu. Ils n'ont jamais été en très bons termes tous les deux, mais récemment la hache de guerre a été déterrée. Ce n'est pas Antonio qui a trouvé la toile dans un vide-grenier, figure-toi. C'est Giorgio. Il l'a payée une centaine d'euros, et l'a revendue à son frère, amateur d'art, pour cinq mille euros. Giorgio pensait avoir fait une super affaire pour une fois. Sauf que, évidemment, il ignorait que la toile valait en réalité plusieurs millions. Et, après avoir compris le trésor qu'il avait eu entre les mains et qu'il avait laissé filer, Giorgio a voulu se venger.

— Il a voulu récupérer la toile.

— Oui. Et là, Antonio a prêté sa toile au musée. Pour Giorgio, c'était l'occasion idéale de la récupérer. Il a réussi à se dégoter un complice au musée. Tu te doutes bien de qui.

— Le gardien, celui qui a des rouflaquettes.

— Oui. C'est lui qui était affecté à la surveillance de la salle de l'exposition temporaire. Giorgio s'est rapproché de lui, et lui a proposé une somme non négligeable en échange d'un peu d'aide. Ce n'est pas bien difficile de corrompre un gardien de musée. Ils ne roulent pas sur l'or.

— Je vois. Et en quoi consistait cette aide ?

— Giorgio avait embauché un faussaire, qui a fait une copie de l'œuvre. Une copie d'une qualité exceptionnelle, à ce qu'on m'a dit. Son plan, c'était de demander au gardien d'échanger l'original et la copie dans la nuit, la veille de la fin de l'exposition. Le tableau original n'est pas très connu, donc personne ne se serait aperçu de la supercherie. Pas en si peu de temps. Et Antonio a beau être un amateur d'art, ce n'est pas un expert non plus. Il n'aurait rien vu.

— Et donc, Antonio se serait retrouvé avec une copie, tandis que son frère aurait eu l'original en sa possession.

— Oui ! Et il aurait pu le revendre, sous le manteau, à un autre collectionneur peu scrupuleux, sans rien en dire à son frère, qui ne se serait sans doute jamais aperçu de rien, ou pas avant des années. Mais c'est là que nous sommes arrivés, et sans même le savoir nous avons été le grain de sable qui a remis en cause ce plan parfaitement établi.

Elle finit de dévorer son escalope et dit :

— Attends, laisse-moi deviner la suite. Nous avons découvert, par accident, qu'il y avait eu une ébauche sous la version finale de la peinture. Des détails que le Caravage avait peints, avant de se raviser et de rajouter une couche de peinture par-dessus. Et comme je me suis enthousiasmée pour la découverte, que j'en ai parlé au conservateur et tout, ils ont eu peur qu'on diffuse l'info, qu'on en parle à la presse, et que Lombardini, le propriétaire de l'œuvre, ne fasse faire d'autres analyses et ne tente de découvrir si sa toile ne recelait pas d'autres secrets encore.

— Oui. Mais, si Antonio avait fait faire ces analyses une fois la substitution faite, on se serait tout de suite aperçu de la supercherie, on aurait rapidement compris ce qui s'était passé, et le plan serait tombé à l'eau. Alors il fallait se débarrasser de tous les témoins : toi, moi, les photos que nous avions prises, et peut-être aussi le conservateur du musée, va savoir.

Laura piocha dans son assiette, tentant de prendre une fourchetée de champignons, et dit :

— C'est de ma faute, je suis désolée Jérôme, à cause de moi on s'est retrouvé tous les deux dans une sale situation, encore une fois.

Il sourit et dit :

— Non, c'est ma faute aussi. Si je n'avais pas pris cette photo au musée, rien ne se serait passé. Des photos dans un musée, rends-toi compte ! Ça m'apprendra à me comporter comme le premier délinquant venu.

Elle sourit à son tour, et Jérôme ajouta :

— Et puis, franchement, j'ai passé une soirée bien plus riche en événements que ce que j'avais prévu. Sans toi, j'au-rais bêtement fait de la compta toute la nuit, au lieu de me retrouver avec un assassin et une demie-douzaine de poli-ciers armés jusqu'aux dents dans mon bureau au beau milieu de la soirée. Merci, Laura, de rendre ma vie plus palpitante.

Elle se leva et aida Jérôme à débarrasser la table. Une fois qu'ils eurent terminé, il demanda :

— Tu restes ici ce soir ? Ou bien tu as prévu quelque chose ?

Elle lui fit un sourire malicieux.

— Je sais pas. Normalement j'avais un truc de prévu avec Pauline. Mais d'un autre côté j'ai l'impression que je ne peux pas te laisser tout seul le soir. Il va falloir que je te surveille de beaucoup plus près désormais. Parce que sinon, c'est des coups à ce que tu te retrouves encore face à un gangster. Ou, pire, que tu te retrouves à faire de la comptabilité.

Il lui fit à son tour un sourire équivoque et dit :

— Ça tombe bien, j'avais prévu quelque chose de beaucoup plus intéressant ce soir.

Pendant que Jérôme et Laura s'embrassaient, à travers l'enceinte, Frank Sinatra commença à chanter « Fly me to the moon ». Et dehors, comme pour lui répondre, le nuage qui masquait la lune s'échappa enfin, et l'astre baigna la pièce d'une douce lumière bleutée.

À PROPOS DE L'AUTEUR

Fabien Delorme est un écrivain Français né en 1979, originaire du Limousin et vivant actuellement dans les Hauts-de-France.

Passionné par les histoires en tous genres, il est particulièrement féru de littérature policière, genre pour lequel il a écrit un roman, *L'inconnu des Shetland*, ainsi que de nombreuses nouvelles, allant du mystère en chambre close à la nouvelle noire. Il ne rechigne pas à explorer d'autres genres à l'occasion, tels que la science-fiction ou la romance.

Fabien Delorme est également conteur et comédien, et a aussi animé pendant plusieurs années des chroniques radio-phoniques sur l'art du conte et sur la littérature policière.

Restez informé des nouvelles sorties et obtenez une nouvelle gratuite en retrouvant l'auteur sur son site web :

https://www.fabiendelorme.fr

DU MÊME AUTEUR

ROMAN

L'Inconnu des Shetland

RECUEIL DE NOUVELLES

Les Cinq disparus

NOUVELLES

Comment j'ai sauvé le Noël de monsieur Becquet

L'Homme au costume

Quitter Portville

La Perle de Kyoto

La Maison en ruine

L'Ascenseur

La Grange au pendu

La Biche Irakienne

Soleil de minuit

Domaine de Louvanges

Mon Premier cadavre

L'affaire Jérôme Leblanc